実録 海軍志願兵の大東亜戦争

花井文一
Hanai Bunichi

元就出版社

実録　海軍志願兵の大東亜戦争——目次

戦艦「日向」

実録　海軍志願兵の大東亜戦争

伊40潜。伊38潜と同型

写真提供／著者・雑誌「丸」編集部

第一部——太平洋海戦記

呉海兵団14分隊第９教班の戦友

一――軍艦「日向」の青春

甲種合格

昭和十五年五月一日、愛知県知多郡横須賀町の役場で、海軍志願兵の身体検査があり、私は甲種合格になった。

母には内緒で試験を受けたのである。相談すれば反対されるのがわかっていたから、事後報告である。

当時、私は身長が一メートル六十三センチあり、学校では野球をやっていたし、青年学校では銃剣術をやっていたので、体力には自信があった。そこで母への説得を試みたのである。

同級生より三年早く軍隊に入れば、同級生が徴兵で軍隊に入って来た時には、自分は下士官になっている。徴兵を待って軍隊に行くより、早く兵隊になった方が得であるということを力説したのだ。

六月一日には呉海兵団へ入団するのである。母もしぶしぶではあったが、了解してくれた。

「なんで志願までして行かんならんのだ」とぶつぶつ言っていたが、町内の人や同級生に知らせてくれた。

私はその頃、陸軍工廠に勤めていたので、日曜日や祭日には母の百姓仕事を手伝っていた。母はその手伝いがいなくなるので、海軍に行って欲しくなかったのだと思う。それでも赤飯を作り、酒を用意して、みんなにふるまってくれた。

神社で武運長久を祈り終わると、小学校に寄り、大府駅まで歩いて行くこと約四キロメートル。万歳、万歳に送られて、ひとり汽車に乗り込み、呉海兵団に向かったのである。

当時は『御国の為』に軍隊に入隊するのが、その家の名誉とされた時代である。兄は召集されて陸軍へ赴き、ビルマ戦線で戦っている。一方、弟は海軍に入り、昭和十五年六月一日、呉海兵団の入団式である。

呉海兵団練兵場に集合すると、軍医が十名ほど白衣を着て待っている。身体検査をして、合格の者は入隊できるが、不合格の者はその場で帰されるのである。

私は合格となった。体力に自信を持っていたが、帰されなくて良かったと思った。

可愛いい水兵さん

みんな十六歳から十九歳の志願兵である。何も知らない者が多かった。そこで教班長や助手から、下着や軍服の着方を教えてもらうのである。班長が来て、

「今から軍服の着方を教える。いま着ている服を脱いで、衣嚢《いのう》の中から下着を出し、パンツを脱ぎ、ふんどしに取り替えろ！」

みんな下着をつけ、軍服を着ることになる。班長や助手が手を取り足を取って教えてくれる。可愛いい水兵さんの出来上がりである。

「今まで着ていた下着や服、靴をまとめ、衣嚢に入れ、各班整列せよ。出来上がった班から報告せよ」とのことだ。

私は班長から、「お前は声が大きいから号令をかけるように」と言われた。私は班の者より早く着替え、遅い者を手伝ってやり、「第九班、よし」と報告する。一人でも着替えが終わらないと、報告ができないのである。

いつまでも一人、モタモタして遅いのがいる。福島といって、何をやらしても遅いのである。

毎朝の「総員起こし五分前」の号令がかかると、いつでもみんな起き上がり、毛布をたたみ、ハンモックを五ヶ所くくって納める準備をする。

だが、福島はそうした準備をせずに、毛布がクシャクシャのまま五ヶ所をくくるので、しっかりとまとめられない。

そのため、納めるところに持って行っても、毛布が出ていて、ハンモックが二つ折れになってしまうのである。

水泳の特訓

福島は泳ぐことができないので、水泳の特訓を受けていた。各班には、だいたい一人は泳げない者がいた。泳げない者は、班長から毎日、プールで特別訓練を受けるのだ。

お昼の休息時、みんなのんびりと休んでいるその時に、泳げない者は特訓を強いられる。その結果、海兵団を卒業するまでには全員が泳げるようになって、各艦船に配属となるのである。

一人ずつプールサイドに整列し、班長の「はいれ」の号令でプールに入る。班長はプールの外から竹竿を差し出す。その竹竿の先には二メートルのロープが付けてある。

さらにロープの先には二十センチの握り手が付いているから、泳げない者はその握り手を両手に持って、水泳の練習をするのである。

プールの中ほどに来ると、班長が竹竿を下げる。そのため足だけで泳ぐことになるので、水を飲んだりして、アップアップしながらのきつい練習である。だが、そうした練習を一週間も続けるうちに、みんな泳げるようになるのである。

班長が言うには、「海軍軍人には、一人も泳げないものはいない。よって班長は、みんなを特訓するのである。泳げない者は努力あるのみ。全員泳げるようになるまで特訓するのである」と。

海兵団を卒業する前には、遠泳で五キロほど泳ぐのだが、着いたところには、あめ湯を作って待っていてくれる。そのあめ湯のおいしいこと。塩辛い口に甘いあめ湯の味は、今も忘れられない思い出になっている。

また、海兵団を卒業する前には、陸戦隊の装備で、赤白に分かれて白兵戦をおこなった。海兵団長の訓示があり、その後、軍歌を合唱しながら海兵団へと帰るのである。

ところで、遠泳は五キロ先にある呉軍港の対岸をめざすのだが、泳ぎ着くと江田島の海軍兵学校を見学し、その後、学校長から祝辞があった。それは「日本の為に頑張るように……」という言葉だった。

その翌日には、軍服に着替えて観兵式が挙行され、やっと海兵団を卒業するのである。そうして各艦船に配属される。

軍艦「日向」乗組

私は「軍艦日向乗組を命ず」で、「日向」の内火艇に乗って、呉軍港に碇泊中の「日向」に乗艦した。そこで第一分隊に配属され、三十六糎《センチ》砲員として一年間、勤務することになった。

「鬼の日向か蛇《じゃ》の伊勢か、いっそ海兵団で首つろか」と言われたほど厳しい軍律の「日向」では新兵である。

一日の勤務が終わって、「酒保開け」の拡声器が流れると、「新兵は上甲板に整列せよ」と、古兵からの命令である。初めは何事かと上甲板に整列して待っていると、古兵が来て、

「今朝の甲板洗いは何事か。もたもたして動作がにぶい！　もっと気合いを入れて

やれ。腰に力を入れて力一杯、甲板を磨け！」

と言われ、二列に整列し、向き合って相手の頬を殴る（ビンタ）のである。

「力が入っていない！　もっと力一杯に殴れ！」の号令である。朝は一生懸命に甲板を磨いたのにと思っても、致し方がないのである。対抗ビンタを三回ほどやってから、今度は軍人精神注入棒の洗礼だ。

軍人精神注入棒

古兵が軍人精神注入棒を持って待機している。古兵から、「一人ずつ前に出ろ」と言われて、一人が前に出ると、力一杯おしりを殴られるのである。三回ほど殴られ、次と言われて、十五人の新兵は、それぞれ三発ずつ殴られて終わりとなる。

古兵から、「明日の甲板洗いは力を入れて洗うように」と言われて解散となる。

軍艦では、こうしたことが毎日のようにおこなわれていたのである。

「日向」に乗組になって初めての上陸外泊の時、一人の新兵が「もう日向に帰るのはいやだ」と言って、親父が波止場まで連れて来たことがあった。しかし、新兵は一時間ほど遅れて「日向」に帰って来たのであった。

この新兵は「航発航期罪」となって営倉に入れられた。彼は海軍にいる間、進級もせず、学校にも入学できず、万年新兵であった。

同期生の中に、一人だけそうした者がいたのである。よほど気の弱い男だったのだと思う。「何くそ、今に見ておれ」と男の意気地を出さなくてはと思ったものだ。あたら彼は、長い人生を棒にふってしまったのである。

『聖訓五箇條』

一、軍人は忠節を盡《つく》すを本分とすべし
一、軍人は禮儀《れいぎ》を正しくすべし
一、軍人は武勇を尚《とおと》ぶべし
一、軍人は信義を重んずべし

一、軍人は質素を旨《むね》とすべし

右の五ヶ条の御誓文を、毎朝の点呼の時に合唱するのである。教班長が、「声が小さい。もっと大きな声で合唱せよ」と言われる時が、何度もあった。

各地からわれこそはと志願して来た若者たちである。教班中、一番で卒業すれば、戦艦に配属されるのである。日本、いや世界でも一番大きな艦《ふね》である。私は幸いにも「日向乗組を命ず」で、海兵団卒業と同時に「日向」乗組になり、第一分隊に配属される身となった。

第一分隊は砲員である。新兵三名が交代で朝食の当番である。

毎朝食事前には、前甲板の掃除である。海水を汲み上げて、モップで磨き上げるのである。甲板下士官の命令で汗を流す。

冬の甲板洗いは素足である。だから、足の先がしびれるほどだ。古年兵はみんな、こうした作業をやってきた者ばかりである。

同級生との再会

　上甲板中央のトイレの前で、同郷の加藤にばったりと会った。「勤務はどこか」と聞くと、機関科とのことだ。学校が一級上である彼は、現役で入隊したので三等機関兵である。一方、私は志願で三年早く入隊しているので下士官である。

　ある時、潜水艦基地隊の中を、同年兵三名と歩いていたら、「おーい、花井じゃないか?」と声をかけて来た者があった。一緒に歩いていた同年兵が、「貴様、下士官に向かって、何ということを言うか」と、今にも殴りかかろうとするので、

「おい待ってくれ。これは俺の同級生だから、かんべんしてくれ」と言って、同年兵を止めたこともある。同郷の小学校の同級生だったのである。

　前述したように私は志願兵で、三年も前に海軍に入隊している。その間、彼は私とは一度も会っていなかったから、懐かしさのあまり、思わず「花井じゃないか」

と、声になって出たのだと思う。

同年兵三人が衛門まで来て、敬礼をして通過しようとした時、衛門に立っていた兵が、「ちょっと、その下士官、衛門に入ってください」と言う。

三人が顔を見合わせて、衛門に入って待っていると、声をかけた兵が、「すいません。あまり懐かしかったので、呼び止めてしまって」と言う。兵の顔を近くでよく見ると、小学校の一級下の者で、徴兵で海軍に入隊していたのである。

「何だ、浅田か。お前も海軍に入隊していたのか。いま基地部隊で、同級生の伴俊一に会ったところだ」と話をして、三人は下士官兵集会所へ向かった。

下士官兵集会所では、食事もできるし、甘いものも酒もビールもあり、宿泊もできるのである。

当時、私は呉駅の近くと二河公園の近くに下宿を持っていた。呉駅の近くは兵隊が十名ほど下宿をしていた。兵隊の下宿屋である。ガヤガヤと、いつ行っても四、五名はいた。

二河公園の近くの下宿は大きな邸宅で、女中さんがいて、「お帰りなさいませ」と言われて、少し堅苦しい家だったので、あまり利用しなかった記憶がある。当時、呉の民家で、部屋に余裕のある家は、軍の方からの依頼もあり、下宿をさせていたのだろう。

街を歩けば、海軍の兵隊ばかりである。新兵の時は自分より上官ばかりだから、会う人全部に敬礼をしていたと思う。長い歳月が過ぎ去った今も、当時を懐かしく思い出すことがある。

大きな野望

当時、二河の川にはかき船があった。陸上から乗船する入口が取り付けられ、小部屋もたくさんあり、一杯飲んで宴会ができるようになっていた。

艦から一升瓶を持って上陸し、グループで月に一回ほど飲んだことを思い出す。一升を持ち込むと、銚子に十一本燗《かん》をつけて持って来る。戦友との一日の憂さ晴らしである。今日は分隊士に怒られたとか、艦長にお会いしたとか。

私は艦橋で航海の時には舵を取っているので、艦長の気持ちは心得ているが、普通の兵士は司令官や艦長に会う機会はないのである。

操舵長は、三万屯《トン》の艦を命令により自由に右に左に動かすことができる。この手で大きな戦艦を自由に操舵してみたかった、私の大きな野望が達せられたのである。

私は伊号三八潜水艦に乗り組んでいた時、航海中に海軍航海学校高等科操舵練習生の試験を受けていた。そのため、伊号三八潜水艦が打ち振る帽に迎えられて呉の母港に入港し、一週間の温泉休養が終わってから、横須賀の「海軍航海学校操舵高等科練習生に入校を命ず」で航海学校へ入校するために、伊号三八潜水艦を退艦することになるのである。

下士官・兵の艦隊勤務心得

軍艦内での最高指揮官は艦長で、その補佐として副長がいた。その次に機関長、航海長、砲術長、水雷長、通信長、工作長ら各科の科長および分隊長がいる。その下には士官、特務士官、准士官、下士官、兵らの乗組員がいた。

その下士官、兵だが、海軍の兵隊には徴募兵と志願兵があった。いずれも合格すると、所属鎮守府にある海兵団に入団して新兵教育がおこなわれ、艦隊勤務に必要な基本的なことを教えられたのである。そのうえで艦隊の各艦に配乗されたのだ。

艦隊勤務中に希望する者は、受験してそれに合格すると、それぞれが希望した術科学校（砲術学校、水雷学校、工機学校等々）に入って普通科練習生としての教育を受け、それを終えると、普通科の特技章が与えられた。

それでふたたび艦隊に配乗され、勤務に励んでいる中で下士官に進級する前後の頃に、さらに受験のうえ、合格すると、今後は各術科学校に高等科練習生としての教育を受けるのである。それを終えると、高等科の特技章が与えられ、また艦隊勤務が始まるのだ。

その間の教育と体験を通して、艦隊勤務の心得がわがものとなっていくのである。

ここで基本的な下士官、兵の心得を記しておきたい（原文の片仮名は平仮名に変えた）。

第一　要旨

下士官兵は分隊長に属し、身上に係わる大小の事項、公私の請願そのほか特に規定あるもののほか百般のこと皆ことごとくその指揮監督を承《う》け、諸般の部署による業務に関してはその部署における上官の指揮に従い、衛兵その他諸役員としては衛兵司令、甲板士官その他当該上官の命を承け、艦の内外における諸作業及び当直勤務に関しては当直将校、機関科当直将校その他指揮監督者の命を承け、教育訓練のことに関しては教官、教員の指示に従い服務し、担当の船体、兵器、機関その他諸物件を愛護してこれが保存整頓及び取り扱いに注意し、定則を遵守《じゅんしゅ》し、命令を尊重し、任務を知悉《ちしつ》し、もって誠意忠実各々その職務に勉励すべきである。

第二　一般心得

一、公務上、他人を呼ぶときは職名をもってし、職名のないものは姓下に官名を付すべきである。ただし兵を呼ぶときは姓をもってすればよい。

二、すべて整列作業の号令があったら、常に駈足《かけあし》にて所定の位置につくようにせよ。

三、教練事業の際は常に静粛にして動作活発でなければならぬ。

四、教練事業中はほしいままに脱帽し、あるいは雑話してはいけない。

五、号令または号音のあったときは静粛に謹聴し、その終わりにおいて発動せよ。

六、艦船部隊内において音読、大声、疾呼などすべて喧騒にわたってはならない。

七、手先を背後に組み、あるいは袴《はかま》の隠《かくし》に入れるなど不体裁の姿勢を為してはならない。また口笛を吹いてはいけない。

八、初夜巡検後、高声にて雑話してはいけない。

九、兵器、機械または船具などにみだりに手を触れたり、腰を掛けたり、あるいは坐するようなことがあってはならない。

一〇、艦船部隊内において麻雀、骨牌《かるた》などの遊戯を為してはいけない。碁、将棋、蓄音機（許可せられたる「レコード」に限る）、「ラジオ」などは祭日、祝日その他特に許可された場合に限り差し支えなし。

一一、真水は決して濫用してはいけない。艦内においてことに然りである。

一二、所定外に吐唾《とだ》、喫煙し、あるいは塵芥《じんかい》、穢物《わいぶつ》その他の物品を捨ててはならない。古地金《こじがね》類、古ゴム類は捨てることなく分類し、所定に置くべきである。
一三、上官に出会う時は側に避け、道を譲るべきである。ただし階梯その他狭隘なるところにては上官の通過するまで他所に避くべきである。
一四、上官の前に立ち塞がるなどの振舞があってはならない。
一五、准士官以上に対しては、特に免ぜられたる諸官を除くほか、時と場合とを論ぜず敬礼を行なうべきである。また総員起床後より朝食用意までは、互いに敬礼を交換すべきである。ただし、教練作業中はこれを行なわなくてもよい。
一六、定められた自己の手箱、釣床、衣嚢《いのう》などは常に内部を整頓し、定所に置き、乱雑にならざるよう注意すべきである。
一七、衣類は常に清潔なるものを着用し、被服洗濯の際は不潔なる衣類はすべてこれを洗い、一品たりとも残さざるよう注意し、濡れたる衣服は、そのまま衣嚢またはは衣類箱に納めてはならない。
一八、みだりに定所外に乾し物をなし、私物を納めてはならない。
一九、食事の際は混雑せざることに注意し、また班長は食卓番をしてその受持食卓及び食器を常に清潔整正におかねばならない。

二〇、卑賤なる言語、動作は大いに風儀を害するものであるので、固くこれを慎むべきである。
二一、事業時間中は事業に従事せざるもののほか斬髪、剃鬚《ていびん》してはならない。
二二、掛員のほかはみだりに諸倉庫に入ってはならない。
二三、諸動作中「待て」の号音あらば、各自現位置に静止し、後令の聴き取りに努めねばならない。
二四、兵舎内（艦内）に入るときは靴をよく拭うべきである。
二五、官私品の貸借を為してはならない。
二六、衣服その他諸物品など紛失したときは速やかに教班長（先任衛兵伍長、機関科特務下士官）を経てこれを分隊長に届け出なければならい。
二七、兵器その他官品を亡失、毀損したときは、直ちに順序を経て所属分隊長に届け出ねばならない。
二八、診察を受けようとするときは、定められたる時刻前、教班長（先任衛兵伍長）に申し出て、その指示を受くべきである。

二九、窓（舷窓）より塵埃その他の物を投棄し、唾を吐き、または手、顔を出してはならない。
三〇、楽書きをなし、または窓、食卓の上などに腰を掛けてはならない。
三一、靴を穿《うが》ちたるまま塗粧部、腰掛けまたは釣床格納所などの上に昇ってはならない。
三二、みだりに艦内に飲食物を持ち込んではならない。

第三　艦内心得

一、軍艦の舷梯は左の区分により使用されている。ただし、天候その他やむを得ざる事情あるときはこの限りではない。
　イ、右舷舷梯を使用する者　士官室士官以上
　ロ、左舷舷梯を使用する者　士官次室士官以下
二、始めて乗艦するときはその艦の兵器、船具、部署内規などを熟覧し、いまだかつて見聞したことのないものがあったときは、とくに注意し、職務上遺憾なきよう心掛くべきである。

三、みだりに将官室、艦長室の上を徘徊してはいけない。

四、職務を有しない者は、みだりに艦橋に登ってはならない。また艦橋に二個の階梯を有するものにあっては右舷舷梯は士官室士官以上でなければ昇降してはならない。ただし教練もしくは至急を要する場合はこの限りにあらず。

五、教練または公務上至急を要する場合を除くほか、将官室、艦長室の階梯は、艦長以上でなければ昇降してはならない。

六、後甲板及び最上甲板などにおいては、甲板洗方の時のほか袴を捲き上げてはならない。

七、艦内において裸火及び紙張りの提灯は、みだりに使用してはならない。また安全マッチのほか、他種のマッチを携えてはならない。

八、入渠中は、左の諸項を禁止する。

イ、必要あるほか重量物の移動

ロ、駈足

ハ、舷外への排水

ニ、故なく船渠内外の徘徊

九、「気を付け」の号音を聴《き》いたならば、上甲板以上に在る者はすべて姿勢を正すべきである。また現に教練作業に従事する場合のほか、上官の短艇などにて付近を通過するを認めたときは、必ず敬礼を行なうべきである。

一〇、短艇における規律の如何は本艦の毀誉《きよ》に関するので、不体裁なきことに注意すべきである。

第四　機関科一般心得

一、機関科各部において不良個所または危険の事項を発見した者は、順序を経て機関科当直将校（または担任分隊長）に報告し、急を要するものがあった場合には直ちに機関科当直将校または機関長に報告すべきである。

二、倉庫内においては一切裸火を使用してはならない。

三、裸火は糸屑をもって摘《つま》み消してはならない。

四、止業《しぎょう》または「総員上へ」などにて受持部を去る時は、必ず裸火を消滅せよ。

五、油浸《あぶらし》みたる糸屑、木綿類を貯蔵する場合に在っては、許可を得て鉄函に入れ、定所に置くようにせよ。

六、機関諸部は、担任分隊長の許可なくしてこれを解放してはいけない。解放した諸部を結合しようとする時は、あらかじめ検査を受けねばならない。

七、事業中やむを得ざる事故によりその位置を離れようとする時は、分隊長の許可を受けよ。また事業時間外、みだりに機関室に入ってはならない。

八、掃除服、事業服、靴などは決して定所外に取り乱しておいてはいけない。

九、掃除服は当直勤務及び機械諸装置の分解検査、掃除、修理または汚れ作業に従事する時のほか着用してはならない。

一〇、直接舷外に通ずる諸弁「コック」は、必要以外これを閉鎖しておくべきである。

一一、軸管《じくくだ》「パッキン」抑《おさえ》及び直接舷外に通ずる諸弁「コック」はみだりに開閉してはならない。

一二、汽醸《きじょう》中、機関科当直将校の許可なく、みだりに蒸気用諸弁「コック」を開閉してはならない。

一三、換気不良の場所に在って作業する時は、常に灯火に注意し、その朦朧となり光明を失いはじめたのを認めたる時は、直ちに出で来るべきである。

一四、止業後は必ず身体を洗浄にし、清潔なる衣服を着用すべきである。
一五、機関科浴室の諸整頓は、機関科特務下士官、同甲板下士官その責に任ずといえども、常にこれが清潔に注意し、石鹸水を散乱し、またはみだりに洗濯を行なうなどのことがあってはならない。

二――伊号三八潜水艦の武勲

猛訓練の日々

伊三八潜に乗艦し、猛訓練に明け暮れていた一こまをお伝えしたい。

昭和十八年二月一日、一〇〇〇（午前十時）呉出港。瀬戸内海にて乗組員の訓練のためである。安久栄太郎艦長以下、九十八名が毎日、猛訓練を二ヵ月ほど続ける。

まず潜航浮上訓練である。安久艦長の命令一下、「右三十度、敵機」「急速潜航」

「両舷停止」「潜航急げ」。

発令と同時に操舵員の私は、非常ベルのボタンを押す（舵輪の前部にベルがある）。ジーゼル機械停止の赤ランプが点灯するのを見て、私が「エンジン停止」と叫ぶ。各室にベルが鳴ると、全員が配置についている。見張りは三名だ。艦橋にいる者が私の後方をすべるようにして手摺《てすり》を握って艦内へ入る。そのうちの一名が「ハッチよし」。

その時、艦は約二十度の角度で潜航を始めている。艦長は潜望鏡を見ながら、「深度十八」と令する。潜望鏡を上げながら（一杯に上げて潜望鏡で海上が見える深度が十八メートル）、潜舵手、横舵手が艦が水平になるようにして航行する。

最初のうちは五分ほどかかるが、艦長の言葉では、訓練によって三分に短縮できるとのことだ。

一万メートルのところで敵機を見張りが発見して、潜水艦の頭上に来るのに三分かかる。したがって、「急速潜航」で十八メートルまで潜航するのに、三分以内でなくてはやられてしまうとのことである。

「左九十度、商船」「魚雷戦用意」

つぎつぎと艦長の命令が下る。前部に魚雷発射管が四門ある。

「発射用意よし」「取舵《とりかじ》三十度」

操舵長の木曽兵長が来て、私と交代する。戦闘配置は各部の長が配置に付くのである。

われわれ兵隊は、一人三役をこなさなければならない。砲戦の時には、大砲の砲丸をこめる役がある。また、カタパルトで飛行機を発射する時には、飛行機の組み立ての役がある。通常の航海の時は操舵員である。

私は操舵を下りて、転輪羅針儀室にて待機をする。

「取舵三十度、宜候《ヨーソロ》」

魚雷深度二メートル、敵速十ノット、距離三百メートル。

「発射用意」

艦長は潜望鏡を見ながら、敵速、雷速、潮流、方位を計算して、発射管室より「発射用意よし」を待つ。

魚雷室では、深度指示によって二メートルの深さを走るようにセットした魚雷が入っている発射管を使用する（四門の魚雷発射管がある）。

「発射用意よし」の答申がある。艦長は潜望鏡を見ながら、「用意テッ」と命令する。

魚雷は高圧空気で発射され、自力で約三千～五千メートル走行できる。目標に命中しない時は、沈むように出来ている。しかし、訓練用魚雷は、一定の距離を走行すると、沈まずに浮いているように出来ているのである。

「潜航やめ。メインタンクブロー」と艦長が令する。

潜水艦は常にメインタンクに水を一杯入れ、その重みで潜水航行をしている。そのため、その水を高圧空気でタンクの外へ排出すると、浮力が出来て浮上するのである。

「魚雷回収用意」で、先ほど発射した魚雷をさがして回収する作業が始まる。

昼間訓練の時は、魚雷の頭から煙が出るようになっているし、夜間はライトが点滅するようになっていて、早く発見できるように考えられている。

だが、この回収作業は大変なのである。波が高い時は特に難しい。長い魚雷にワイヤをかけてデリックで吊り上げ、潜水艦のデッキに上げるのだ。

魚雷戦の訓練は、こうした作業が毎日毎日、繰り返しておこなわれる。そして潜水、浮上の訓練を重ねて、時間の短縮を図るのである。

砲撃戦訓練

商船一隻だけで航行する時を想定し、砲撃戦の訓練も毎日のようにおこなわれた。「潜航止め」「砲撃戦用意」「目標右三十度の商船、距離三百メートル」「メインタンクブロー」で、十八メートルの深度から浮上する。「潜望鏡納め」

油圧で最下位まで下がる。そして艦長は、艦橋で指揮を執る。

私は砲撃戦の時には、大砲の弾丸を、二メートルほどの長さの棒で砲身の中へ入れるのである。一人が重い弾丸を砲身の入口にあてがい、その後から棒で押し込むのだ。

尾栓を締めて「発射用意よし」。すると艦橋から「撃て」の命令が出る。

砲術長から距離の修正が来る。「高め二、右へ三」。弾丸が近くに落下しているようだ。

何回となく発射してへとへとになる頃に、艦長命令で「砲撃戦止め、急速潜航」が令される。砲を固定して早く艦橋から艦内に入らないと、置いていかれてしまう。艦橋へ走って上がる頃には、艦は潜航を始め、足もとは早くも海水に浸《っ》かっている。艦橋から艦内に、すんでのところで滑り下り、ほっとする。

「ハッチよし」で、最後の人がハッチを閉鎖して報告する。

「深度十八、潜望鏡上げ」

艦長は潜望鏡を見ながら、つぎの命令を考えているようだ。

「潜航止め。メインタンクブロー」「飛行機発射用意」

ほら来た。また私の出番だ。艦橋の前部に飛行機の格納庫がある。その中にフロート付きの飛行機が入っている。

おのおの兵隊は、役割が決まっている。まず格納庫の防水扉を開ける。飛行機を引っ張り出してカタパルトに乗せる。飛行機は翼を上に折ってある。私の役は右翼を水平にして、ネジを回して固定するのである。左翼の者、プロペラを取り付ける者。

「右よし」「左よし」。その間に飛行士と整備士は搭乗して「全開、発射用意よし」。艦長から「発射」で、飛行機はカタパルトより高圧空気で発射されて飛んでいく。作業員は、格納庫の戸を締めて艦橋へ急ぐ。と同時に、艦長の命令がある。

「急速潜航」

急げ、時間の短縮訓練である。一分でも三十秒でも早く潜航できるように、毎日毎日猛訓練だ。

今日の潜航は耳がツーンとした。ジーゼルエンジンが少しでも回転している時は、ハッチを締めると、艦内の空気を全部機械室へ持っていくため、艦内の気圧が下がって耳がツーンとする。

潜航と同時にジーゼルエンジンを止めて、電池に切り替える。潜航中は電池で走るのである。水上航行中は、電池に充電しながら航海する時が多い。

両舷にジーゼルエンジンを各一基、搭載している。そしてスクリューも二本、艦尾に出ている。水上航海中は片舷充電に使用し、片舷のジーゼルエンジンで艦は走る時が多い。

片方のスクリューは止まっているゆえ、舵は片舷航海の時は、常に四度〜六度、舵を取った状態で艦は直進する。

ジャイロコンパスを見ながら操舵をするが、片舷航行を忘れて零度に舵をとると、艦はどんどんと曲がって走っていってしまう。

大型電池を二十機、艦底に搭載している。そのため、潜航して四ノットのスピードで約十二時間、水中を走ることができる。

先ほどカタパルトで発射した飛行機と無線で連絡を取っている。

「潜航止め。メインタンクブロー」「飛行機、格納用意」の命令で発射した時の作業員は艦橋に来て、浮上するのを待つ。

「ハッチ開け」の令で、作業員は甲板で飛行機の着水を待つ。デリックを立て格納庫の扉を開けて待機する。フロート付きの飛行機だから、着水してゆらゆらと浮いている。

ワイヤを取り付けて、デリックで釣り上げる。カタパルトのレールの上の発射台に固定する私の役は、翼を折って上にあげ、そして「右よし」だ。

各自が持ち場の作業を早く正確にやらなくてはならない。この作業も何回も何回もやることによって、時間の短縮がはかれる。

飛行機を格納庫に入れて扉を閉じる頃に、艦長から「前方に敵機、急速潜航」「急げ」。急がないと、また置いてけぼりをくってしまう。

作業員は艦橋に上がって、一人ずつ艦内へとすべり下りる。最後にハッチを閉めて、「ハッチよし」を報告する。

その頃、艦は艦橋だけ見えるほどに潜航している。バッテリーで推進器を回しながら前進している。「三分以内に十八メートルまで潜入しないと、敵機は頭上に来る」と、安久艦長は厳しく教えてくれた。

運用術操舵

こうした厳しい訓練の中にも、日曜日は半舷上陸が許される。乗員の半分が上陸して休養を取るのである。

下士官兵集会所では、食べることも宿泊も出来る自由な一日が楽しめるのだ。酒も甘いものもあり、入浴もできる。士官は水交社でそれぞれ休養を取る。また士官は家庭を持っている人も多かった。下士官の人も妻帯者が多かったように思った。

われわれ独り者は、気の合った者同士、酒保で一升買って川船に持ち込み、カキ料理で酒盛りをやったものだ。酒が回ってくると、みんなで歌を歌ったりする。ダンチョネ節を替え歌にして面白おかしく「潜水艦乗りには惚れるな娘さんよ　三月もせぬ間に若後家となる　ダンチョネ」と。

毎日の厳しい訓練から開放されて、この時ばかりは楽しく飲んで歌って、また明日の活力が生まれてくる。

私は呉駅の少し前の方に下宿があったので、下宿で一泊し、明朝八時までに潜水艦に帰艦することになる。

朝食後、本日の出港は取り止めとなる。艦長が会議のため、全員が艦内整備をする。伝令が伝える。操舵長と一緒に転輪羅針儀の手入れをする。毎分二万回転し、常に指北作用（ジャイロコンパス）をする。

運用術操舵の受け持ちは、舵取り装置（縦舵）だ。水上艦船は縦舵だけだが、潜水艦には「縦舵」のほかに「潜舵」と「横舵」がある。魚の尾ビレと同じ作用をするものである。潜航、浮上、横に倒れないように、左右に方向を変える縦舵と三コの舵が重要な役割を果たしているのである。

呉の港を出港しないで、各配置の手入れを、明日の訓練に備えてする潜水艦のタンクの構造を書き止めておきたい。

「メインタンク」――一番大きくて前部と後部にある。上部弁、下部弁があり、潜水艦の潜航、浮上に使用するタンクである。下部弁を開けて海水を入れる時に上部弁を閉鎖しておくと、艦の自重の分だけ海水が入って、タンクの上の方に空気を圧縮し、タンクの半分ほど海水が入ってくる。水の重量だけ艦が沈むことになるのだ。

この状態で「警戒航行」をする時がある。急速操舵する時は、すぐに上部弁を油圧で開けると、圧縮していた空気が上に抜けて海水がタンクに満タンになり、ズバーッと海中に潜入することができるのである。

「スリムタンク」――このタンクは前後部にある。小さいタンクであるが、攻撃を受けて水深百メートルに無音潜航して自動的に水平を保つことができるようになっている。タンクの水を給排水して、自動的に前後の水平を保つためのタンクなのだ。

そのほかには「重油タンク」――ジーゼルエンジンの燃料タンク、「真水タンク」――生活に必要な飲料水のタンクがある。

また、伊号三八潜水艦には、航海中、百名分の水が必要なので、水を造る製氷機も搭載している。艦内冷房の設備もあって、伊号三八潜水艦は最新鋭の潜水艦だといえるのである。

ここで、伊号三八潜水艦の要目を掲げておこう。

排水量――二一九八トン、標準二五八四トン、水中三六五四トン
全長――一〇八・七〇メートル
最大幅――九・三〇メートル
乗員――一〇〇名（うち飛行科二名）
魚雷発射管――四門（前部のみ）
魚雷搭載数――五二センチ一七本
大砲――一二センチ一門（後部）
機銃――二五ミリ二門
馬力――水上一二四〇〇馬力、水中二〇〇〇馬力
速力――水上二三・六ノット、水中八ノット
航続距離――水上一六ノット一四〇〇〇浬《カイリ》、水中三ノット九六浬

安全潜航深度――一〇〇メートル
水上偵察機――一機
乗組員――九八人

苛烈なる輸送任務

伊三八潜は、昭和十八年一月末に佐世保にて竣工、呉鎮守府に引き渡し、第一艦隊第十一潜水戦隊に編入され、三ヵ月間、乗組員の就役訓練をおこなった。日曜日のほかは毎日毎日、潜航、浮上、魚雷戦、砲戦、飛行機発着の猛訓練である。

私は昭和十八年一月十三日まで、軍艦「日向」の乗組員であったが、海軍潜水学校呉分校に講習員として入校を命ぜられ、昭和十八年二月二七日、講習終了。軍艦「日向」に復員する。

昭和十八年三月一日、伊号第三八潜水艦乗り組みを命ぜられる。私はこの日から潜水艦乗組員として、猛訓練を受けることになった。潜水学校で習ったことを基礎に、一人前の潜水艦乗りになるべく必死に努力をした。

私は操舵員として、木曽兵曹（操舵長）の下で任務に付く。私は二ヵ月間の訓練を終えたのだが、軍艦「日向」の乗り組みと比較すると、これは大変だと思った。一人三役なのである。その訓練も無事終えて、いよいよ出撃の時が来た。

昭和十八年四月一日、第六艦隊第一潜水戦隊に編入（輸送任務）された。大砲を取りはずし、魚雷の本数も減らして真水、食糧を艦内いっぱいに積み込む。通路は缶詰の箱を敷きつめてその上を通る。空間は全部、食糧、野菜で、各自のチェスト（物入れ）の中まで大根が何本か入っている（この大根が一〜二ヵ月後には貴重品となる）。二ヵ月後には新鮮な野菜は全部、食べてしまった。

私は昭和十八年五月八日、呉出撃より約一年間、伊号三八潜水艦の輸送任務に従事した。

艦長安久栄太郎中佐の指揮のもとに、私も操舵員として乗り組んだ。当時、私は二十一歳の若さであった。御国の為に死をもって尽くす。一度母港を出撃すれば、二度と帰れぬと覚悟していたものだ。

ちなみに安久艦長は昭和十九年四月十二日、第三十三潜水隊司令（大佐）として勤務中、教育のため広島湾で潜航訓練中に、乗艦呂六四潜がアメリカ軍の投下した磁気機雷に触れて沈没、乗艦と運命をともにした。残念な最後である。勇敢な潜水艦長であった。

戦争は二度としてはならないと思う。たくさんの人が戦死して海底深く何千メートルの下に永久に艦とともに眠っている。

安久栄太郎艦長の功績

艦長安久栄太郎中佐は、潜水艦乗りの典型ともいうべきベテラン艦長である。艦長は「伊三八」の艤装員長に任ぜられ、艤装、整備、教育訓練に、長年の経験をつぎ込み、最精鋭艦に仕上げた。

おそらく艦長は、伊号三八潜水艦を指揮し、敵艦船をつぎつぎと撃沈することを夢みていたであろうが、艦長の希望は微塵に砕かれた。

十一潜戦で猛訓練が終わると、昭和十八年四月三十日、第十五潜水隊に編入され、第六艦隊の麾下《きか》になった途端、伊三八潜には輸送任務が待っていたのである。

昭和十八年五月八日、呉を出港。運砲筒を潜水艦の後部に搭載して、トラック島に着くと、南東方面部隊に組み込まれてラバウルに行き、㊟専業にされてしまった。ラエ、サラモア、コロンバンガラ、ブイン、スルミ、シオなど、友軍が孤立する拠点への食糧、兵器、弾薬の輸送任務である。

拠点の港へ潜入して、夜間に潜望鏡より発光信号を送り、潜水艦内の物資を手送りで大発艇二隻へ放り込んで、一時間以内に港外へ潜航して退去した。

この仕事も大切ではあるが、敵艦船を撃沈するため、十年一剣を磨いてきた艦長の心境は、察するにあまりある。だが、艦長は黙々として赤道直下の海で任務に励んだ。

伊三八潜は何回となく飛行機や掃海艇に追いかけられながらも、急速潜航して逃れて輸送任務を完遂した。食糧、兵器、弾薬の輸送回数二十三回。被爆撃二回。魚雷艇による被爆雷などにあったが、全輸送を完全に果たした。輸送量は七百五十三トンである。

この抜群の功績により、特に拝謁の栄に浴した。大佐に進級した艦長は、昭和二十年二月十五日、第三三潜水隊司令に補任された。当時、同隊は呂六三、呂六四、呂六七で編成された、潜水学校の練習潜水隊である。

四月十二日、艦長（司令）は呂六四に搭乗し、練習生の指導にあたっていたが、潜航した瞬間、一発の轟音とともに沈没してしまった。米軍が夜間投下した磁気機雷に触れたのである。まさに悲運というほかはない。

伊三八潜の艦長時代は、厳格な艦長で、酒豪である。上陸すると、浴びるほどに酒を飲むが、乗艦すると一滴も酒を口にしない。下士官、兵にはやさしい艦長であった。

私が艦長の従兵をしていた時、一升ビンを、しばしば水交社へ持って行ったことがある。

昭和十九年三月一日、南太平洋方面における戦闘及び輸送任務に功績顕著につき、連合艦隊司令長官古賀峯一中将より、感状を授与された。当時、天皇陛下に拝謁ができるのは、大きな任務を完遂した艦長でも少数で、安久艦長はその中の一人である。天皇陛下といえば神様のごとき存在で、われわれ一般の兵隊はそばへも近づくことはできなかった時代である。

安久艦長は、最高の栄光に浴した日本一の最高の潜水艦艦長である。

伊三八潜の最後

伊号三八潜水艦を安久艦長が退艦した後、遠山中佐が艦長として約二ヵ月、輸送任務二回で退艦する。後任の艦長として、下瀬吉郎中佐が指揮を執る。

昭和十九年十月十九日、呉を出港。台湾及び比島東方海面、敵艦船攻撃任務。

昭和十九年十一月五日、比島東方海面、敵艦船攻撃任務中に、クッルー偵察を命ぜられて進出中、十一月七日、敵発見を報告。以後、消息なく連絡予定日の十三日に至るも報告なし。

昭和十九年十一月十二日、米軍記録――二〇〇三(午後八時三分)、CA直衛中の米D・D・Nicholasは、パラオ東方においてレーダー探知。近接中に失探。二〇四七(午後八時四十七分)、ソーナー探知。D/C(対潜爆雷)攻撃二回。二二三五(午後十時三十五分)、大水中爆発、浮流物発見。北緯八度四分、東経百三十八度三分、水深三千メートルの海底に沈んでしまったと思われる。

　私の若き青春時代の思い出の一ページが、伊号三八潜水艦乗り組みである。亡き安久艦長とともに、南方で㊣のように輸送任務に従事したことを懐かしく思い出す。そして下瀬中佐以下九十八人の乗組員が、三千メートルの暗い海底で、今も眠っていると思うと、悲しみがこみ上げて来る。

三──第四〇号海防艦の対潜掃蕩

航海学校入校

海軍航海学校第二十二期高等科運用術操舵練習生として、当時、臨時勤務で在団していた呉海兵団を出発する。

昭和十九年二月二十七日、航海学校へ入学する者と砲術学校へ入学する者たち、両者合わせて十余名が、陸行で呉から汽車で横須賀へ向かったのである。

その時、駅弁を大きな駅で買って食べながら行った記憶がある。終戦一年半前だったから、何でも駅で売っていた。お菓子も買って、食べながら行った記憶もある。のんびりとした旅行気分であった。学校で厳しくしぼられる前の骨休みのつもりである。

高等科練習生ともなると、高度な技術と六分儀を使って、太陽、また夜は月、星を計測し、その角度によって三角関数表で計測し、艦の位置を出すのである。

目的地へは、何度の方向へ針路を取ればよいかを決定する。海図上の三角関数表により、ジャイロコンパスの何度の方向へ進めば、目的地へ一番早く着くことができるか——これは航海士の任務である。練習船に乗り、横須賀湾を走り回って猛訓練をしたものである。

航海に必要な測深機、測程儀などは、航海長の指揮下にあり、操舵長の受け持ちである。

私は出港の時間よりも一時間早く起きて、ジャイロコンパスを作動させ、温度調整をして、指北作動を確認してから、測定儀を艦底より海中に挿入投下する。

その後、計器の良否を見てから、測深機のバッテリーで海中へ電波を発射し、電波が海底にあたって帰ってくる時間によって、「現在我が艦は、水深何メートルのところを航海しているか」が、一目で艦橋の受信器でわかるのである。

当直の者が艦長に報告する。

「艦長、ただいまの艦の速度二十ノット、水深四十メートルです。進路二十度で進行中です」

艦長が「了解」と一言いうだけで、艦は目的地に向かって進むのである。

青木清和艦長は乗組員一人も戦死をさせないという信念で、我が艦を守ってきたのである。

私は青木艦長が大好きであった。私はこの艦長と生死を共にできたことを喜んでいる。

しかし、もう艦長とはこの世で会うことはできない。海の男は自分から海へ帰って行き、二度とお会いはできないのである。残念なことだが、致し方ない。心よりご冥福をお祈りする次第である。

これは終戦後の出来事であったが、この悲報を聞いて、戦友たちもみんな、残念な気持ちになったが、どうしようもない現実である。

初恋の人

　昭和十九年七月二十八日、第二十二期高等科運用術操舵練習生を卒《お》え、呉海兵団付きを命ず。命団内臨時勤務。

潜水艦基地隊より兵七、八名を引率し、軍需部の衣服課へ作業員として弁当をもって行く。女子工員がミシンがけして作った軍服や作業服を箱に入れ、倉庫に納める作業である。

　昼は一時間の休息があり、呉の東、廣というところから勤務していた女の子と親しくなった。彼女は私の上陸の時間を知っていて、港門のところで待っているので、集会所まで話しながら歩いては甘いものを食べたり、コーヒーを飲んだりした。今は昔、若き日の思い出である。

　一人娘で、親をみる義務があると言っていた、二十二歳とは思えないしっかりした娘さんであった。「親孝行をするんだよ」と言って握手をして別れた彼女は、目に一杯涙をためて、私の手を強く握り返した。

「この一ヵ月あまり、楽しかった。私の一生の思い出として忘れません。あなたのご武運を心よりお祈りいたします」と。その彼女の面影を、車窓から廣の街をながめながら追い、彼女に幸あれと祈った。

私は大阪へ向かった。大阪は初めてで、土地不案内である。駅長室へ行って、「藤永田造船所へ行くのですが、どこで乗り換えて行くのですか」と聞いてから、待たせていた兵を引率して行く。

みんな、重い衣嚢《いのう》をかついでの、三十分ほどの強行軍である。汗をびっしょりかいた。八月の一番暑い時である。

藤永田造船所へ着いて、事務員に第四〇号海防艦の艤装《ぎそう》員付きであることを告げると、

「どうぞこちらへ、ご苦労さまです。三六号海防艦が近日出来上がって出港するので、その後へ入ってください。食事は当分の間、社員食堂で食べてください」とのことだった。

「人数八名」と報告し、毛布一枚と枕一個ずつを支給されて本日は外出なし。大阪

の夜は更《ふ》けて、いつの間にか眠ってしまった。

モテモテの若い水兵さん

朝七時に総員起こしをかけ、広場で体操をしてから社員食堂へ行き、食事をする。今日から何もすることがないので、海防艦三六号がだいぶ出来上がっているということで見学に行き、四〇号海防艦の参考にしようと思った。

また、今日からは毎日、外泊だから、「はり重」という旅館の集会所で夕食をし、一泊することに決めていた。下宿のある者は下宿で、私は下宿がなかったので「はり重」で、宿泊することにしたのである。

また土曜、日曜、祭日には、名古屋の実家へ帰ったりしていた。若い兵隊は、その水兵帽が珍しかったせいか、女の子から一緒にお茶に誘われたり、私の家に来てと言われた者もいて、大変にもてたと聞く。大阪は陸軍の街だから、海軍は珍しいのである。

大庭君は映画館の切符嬢に惚れられ、自分の家に連れて行かれた食事をしたり、一緒に泊まったこともあるという。彼女の主人は陸軍で、三年も音信不通だった由。淋しかったのだろうと思った。

しかし、私はもてなかった。ある時、駅のプラットホームで立っていたら、「この汽車はどこ行きですか」と言われて、駅員に間違われたことがあった。

ともあれ、私は酒保長の任務があったので忙しかった。和歌山とか奈良へ兵五、六名を連れて買い出しに行ったりして、四〇号海防艦の乗組員に配給していたのである。買い付けのお金はちょっと記憶にないが、軍需部の会計から支給してもらったのかと思う。兵から集金した記憶がない。

大阪を出港し、門司港の岸壁に横付けしていた時、商船護衛の任務に出る前のことであったろうか、兵隊の誰かが和歌山の有田みかん園に電話したのか、五、六名の女の子が面会に来たことを覚えている。

大阪の藤永田造船所で、艦が進水し、できあがるのを待っていた時に、兵隊五、六名と和歌山へみかんを買いに行ったことがあった。その時の和歌山でお会いした娘さんたちで、みんな喜び、嬉しがっていた。

甲板下士官の任務

甲板下士官は、いろいろなことを記録に残しておく義務がある。外部からの訪問者など、各艦船からの来訪者の記録を残しておく責務があるのだ。「総員起こし五分前」の号令から、一日の日課の作業割など、全般の号令を受け持つのである。

ある日、兵隊が帽子缶に入れていた財布がなくなったと言って、甲板下士のところへ申し出た。

私は朝礼の時に、「帽子缶に入れていた財布を盗んだ者がいる。甲板下士の机の引き出しに、その財布を返しておくように」と伝えた。しかし翌日の朝、私の机の引き出しには財布は入っていなかったのである。

そこで私は心を鬼にして、総員制裁をした。可哀そうにと思ったが、今後のことも考えて、敢《あ》えて制裁をしたのである。

腕を上に上げて一人三発ずつ、軍人精神注入棒（野球のバットのような棒）で殴ったのだ。私が制裁をしたのは、これが最初で最後である。

昭和十九年十二月二十二日、第四〇号海防艦が完成する。試運転を兼ねて大阪を出港、呉に向かって航海を続ける。高速を出したり、之字《のじ》運動をしたりして航行を続けたのである。

艦長の思い出

青木清和艦長は、みずから作業服を着て、艦の点検をしていた。この艦長なら命を預けても大丈夫だと思った。以来二年半ほど、生死をともにした艦長は終戦後、自分から海に入って、みずからの命を断ったのである。

長い海軍生活で一番尊敬のできる艦長であったが、みずから海の男は海へと帰っていったのだった。砂浜に靴を並べてあった由だが、家の人から見ると、ちょっと言動が変だったとのことである。

「海に帰りたい。俺は海の男だ」――艦長の気持ちもわかるような気がする。奥さんは艦長が少し惚《ぼ》けが出た頃、よく世話をしていたという。じつに出来た人だったのだと思う。

人の一生は長いようで短いものである。最愛の妻にも世話にならず、独り、海に帰った艦長は、孤独な人であったのであろう。

ところで、艦船の出入港及び狭水道などは、操舵長が舵を取るのである。艦長は艦橋の右前部が指定席である。そこから命令を出すのだ。

私は艦橋の中央で舵を取っている。航海中は、常に艦長と一緒である。だからというわけではないが、艦長の気持ちもよくわかるのである。

艦長は外出すると大酒を飲んでも、乗艦して任務につくと、一滴も口にしないのである。

だが、この艦長にも一度だけ失敗があった。午前八時の出港になっても、艦長が帰艦しないのである。先任将校は慌《あわ》てて兵十名ほどに命じ、街の飲み屋街を探し回らせ、やっと艦長を見つけ出したのである。そうして、待合で酔いつぶれていた艦長を連れもどして来たのである。

先任将校は僚艦に、「我が艦はエンジントラブルを起こして出港が遅れる」と打電して、艦長の帰りを待っていた。

それから十分ほどして艦長は、艦橋に上がると、席に着くなり、「出港」を命令した。我が艦は全速で僚艦の後を追い、二隻と合流し、目的地に向かって無事航海したのである。ちょっとした艦長のユーモラスなエピソードではある。酒に飲まれた艦長ではあるが、尊敬のできる艦長ではあったのだ。


商船護衛の途次、航海中に台風に遭い、作業中の兵二名が海に落下した。艦長は直ちに他艦に信号を送った。「我が艦、事故発生す。救助に向かう」と。

日没まで広い海を捜したが、遂に見つけることができなかった。そのため艦長は、断腸の思いで、捜索を打ち切ったのである。その時の艦長は、悲痛な顔をしていた。それからというもの、艦長は物思いにふけることが多かった。

青木艦長は、乗組員全員一人も戦死をさせないという強固な信念を守ってきたのであるが、台風の接近によって海上が嵐となったために仕方のないことだったと考える。

そうして我が艦は、横須賀軍港へ寄港したのである。

ここで第四〇号海防艦（丁型）の要目を掲げておこう。

全長　六九・五〇メートル
水線長（公試）　六八・〇〇メートル
最大幅　八・六〇メートル
深さ　五・二〇メートル
排水量（公試）　九〇〇・〇〇トン
吃水（公試）　三・〇五メートル
排水量（基準）　七四〇〇トン
重油満裁量　二四〇トン
航続距離　一四ノットで四五〇〇カイリ
速力　一七・五〇ノット
軸馬力　二五〇〇馬力
高角砲　一二センチ単装二基
機銃　二五ミリ三連装二基
爆雷　一二〇個

投射機　三式（植込式）一二基
投下軌条　一組
深信儀　三式二型二基
水中聴音機　九三式二型一基
電波探信儀　二二号一基
発電機　六〇キロワット・一〇五ボルト「タービン」一基
　　　　四〇キロワット・一〇五ボルト「タービン」一基
機関　単式タービン一基
　　　〇号乙一五改型ホ号二基

航発航期罪

呉の港へ入港して洗濯をした時、干してあったシャツがなくなったと、一人の兵隊が申し出たので、総員を上甲板に上げて、衣嚢の中を全部調べた。すると、一人の兵隊の衣嚢にシャツが入っていたのである。

藤永田造船所で財布を盗んだのも、この水兵であると私は確信した。盗癖のある者は、いつかはまたやるのである。そこで、この水兵を呉海兵団の営倉へ入れたのである。

この男は海軍にいる間は、水兵のままである。学校も行けず、進級もせず、万年水兵のままなのである。

また、この件とは別だが、「日向」乗り組みになって初めての外泊の時、一人の水兵が「日向」に帰るのがいやだと言って、父親が波止場まで送ってきた。だが、迎えの船に遅れて次の便で帰艦したため、一番重い罪（航発航期罪）になったのである。

艦に帰る時間に遅れるのは不合格者である。同様にまた、窃盗癖のある者も不合格者である。

第四〇号海防艦の艤装も終わり、完成をみた昭和十九年十二月二十二日、大阪を出港し、呉に向けて試運転をしながら航海した。

低速、高速、之字運転、各航海機具の点検など、記録を取って今後の航海の参考にするのである。

商船からの機銃射撃

航海の無事を祈って一斗樽にお金を入れ、第四〇号海防艦の旗を立てて海に流すと、近くにいた漁船が拾い上げて、海難の神社に奉納してくれる。

航海の無事を祈りながら、どんなトラブルがあっても無事に乗り越えて、自艦の安全を祈るのである。

艦長には、乗組員の安全と無事に航海して目的地に着く責任がある。また乗組員は、艦長の命令に従って行動するのである。

ある時、航海中に突如として商船から機銃射撃を受けた。艦長は「戦闘配置につけ」の命令を出し、続いて「右三十度の商船に向け、発射用意」と令じた。「発射」で十二糎《センチ》砲と二十五粍《ミリ》機銃が火を吹く。十発ほど発射したら、方向を変えて、商船は逃げて行った。

艦長は得意気な顔をしていた。私も舵を取っていて、一時はどうなることかと思ったが、艦長は平気な顔をして「撃ち方止め」と命じた。

我が艦には三連装の機銃が二基あり、商船よりも四〇号海防艦の方が優位なのである。

私の在艦中に、こうした戦闘は一度だけであったが、日本海に敵潜水艦出没の情報もあった。

敵潜水艦の潜入

海防艦（以下、海）四〇号は、酒田港を基地として日本海の船団を護衛する任務に従事していた。護衛艦は海四〇号をはじめ、鵜来、竹生、海一二号、海八七号、海一〇二号、海一〇六号、海六九号、海二一号。船団の大きさにより護衛艦も増加して、日本海の対潜護衛に当たったのである。

多数の敵潜水艦が日本海に潜入して来たので、船団護衛が忙しくなってきた。三保丸、金泉丸、北京丸、万世丸の各船団護衛艦は海四〇号、海六九号、海二一号で対潜護衛する。

ヒ〇一船団のサバン丸、玉栄丸を護衛艦・海四〇号、海一〇二号、海一〇六号が護衛する。

モタ船団の笘崎《はこざき》丸、辰春丸、日光丸、聖川丸を護衛艦・海四〇号、竹生、海一〇二号、海一〇六号が護衛する。だが、敵潜の雷撃を受けて笘崎丸が沈没した。

八月十四日午後七時、我が艦は新潟港に入港した。

四——第四〇号海防艦の機雷掃海

玉音放送の日

昭和二十年八月十五日正午、新潟港にて終戦を迎える。天皇陛下よりラジオでの玉音放送がある。「全員、上甲板に整列」の命令があり、直立不動で聞く。身体の力が一度に抜けて敗戦を実感する。

同年八月十六日、新潟を出港。八月二十一日、小樽入港。ソ連軍が北海道に進駐しないことになったので、婦女子の引き揚げは中止となる。

同年八月二十四日、舞鶴入港。同年八月二十五日、軍艦旗降下式の後、乗組員の復員を開始する。

四〇号海防艦の運転に必要な人数を残し、全員が舞鶴より復員する。その後、米軍の命令により、第一掃海部隊に編入された。

掃海作業に必要な関係要員を電報で呼び戻すと、一度復員した者が、何事かとそれぞれ帰艦してくる。

当時、私は中島利雄先任将校の命を受けて内火艇を操舵し、舞鶴軍需部衣服課へ兵五、六名を引率して出向いた。防寒用の衣類、外袴、半長靴、防寒帽、防寒手袋など、六十名分を受け取りに行った。

衣服課の係員が帳簿を全部焼却したので、必要なだけ記帳して、艦名及び私の氏名を書いていくように言われた。

後日、耳にした話では、トラック一台分の衣服を、係の者が自分の家に運搬して警察に逮捕されたと聞いたことがある。公私混同もはなはだしい。欲に目のない人物の果てしのない欲望である。悪事をすれば、手が後ろに回るということだ。

海防艦「大東」の沈没

昭和二十年九月三十日、舞鶴を出港し、鎮海に向かう。海防艦四〇号、海防艦二二号、海防艦一六号、海防艦一二号の四隻が、掃海作業及び弾薬類の海中投棄作業に従事する。

昭和二十年十月二十三日、鎮海防備隊の弾薬類の海中投棄作業が終了する。

昭和二十年十月二十四日、米軍LSC四二号艦長の命により行動することになる。日本海軍が九州～朝鮮海峡間に敷設《ふせつ》した機雷原は四千平方カイリの広さにおよび、機雷数は六千個、四線に敷設したのである。ワイヤが切れ、ポッカリと浮上した機雷をよけながらの作業だ。

昭和二十年十月二十六日、掃海を中止して佐世保に帰投する。

昭和二十年十一月十六日、壱岐周辺で海防艦「大東」が触雷のため沈没した。上甲板にいて海に飛ばされた者以外は、全員戦死であった。そのため一時、掃海作業は中止された。

昭和二十年十二月六日～十八日まで川南造船所で修理をし、昭和二十年十二月十九日、佐世保に帰投する。

昭和二十年十二月二十三日、米式掃海具により作業、米海軍掃海部隊の指揮下に入る。太っ腹の青木艦長の命令の下、海防艦（以下、海）四〇号、海二二号、海一二号、海防艦竹生は、直列に並んで対馬海峡の掃海作業に従事した。隊列を組んでの機雷原の掃海作業は、命がけの任務である。日本の掃海部隊の総指揮官は志摩海軍中佐だった。

米掃海艇の触雷轟沈

昭和二十年十二月二十五日、厳原を基地として掃海を再開するため、佐世保を出港。米軍のオブザーバーも参加する。その時、米軍の掃海艇が触雷したので、人命救助に必死に努力した。

昭和二十年十二月二十九日、米掃海艇MINIVETは、日本掃海部隊のために「ブイ」を入れていた時、触雷し轟沈。士官一名、兵三十名が殉職した。直ちに掃海を中止し、遭難者の救助にあたった。

爆発によって吹き飛ばされた人たちをボートに救助し、米艦に渡すべく、全力で救助活動をおこなった。機雷原にボートを乗り入れ、米兵を早く一人でも多く救助するために努力したのである。

弾火薬庫の投棄作業

朝鮮の鎮海に、火薬庫の弾丸及び火薬などを、水深六十メートル以上の海に捨てる任務である。

火薬庫の人が、半日がかりで艦に積み込んでくれる。上甲板及び艦内通路まで一杯の箱があり、水深を測りながら航海して行き、六十メートル以上になったところへそれを「総員捨て方始め」で海へ放り捨てるのである。

水深を測るのは、操舵長である私の任務だったが、その時ふっと思ったのは、国民の血税で作ったこの弾丸を、海へ捨てるのはもったいないことだと。米軍の命令だから、致し方ないのである。米軍の監視付きである。戦争に負けるということは惨めなものである。

鎮海から釜山までは近いので、戦友五、六名で遊びに行こうと思い、日本円を出したら通用しない。日本円は駄目と言われたので、中止して艦にもどり、一杯飲むことにした。

その五、六日後、鎮海の火薬庫の大爆発があって、たくさんの人が死んだとも聞いた。艦がぐらぐらと大揺れに揺れたが、私たちは火薬の威力に驚かされたものだった。

人命救助の感謝状

昭和二十一年四月十六日、対馬海峡の掃討を終了する。処分機雷数三千百七十九個。その機雷を爆破処理した掃海作業中に、米海軍の掃海艇が触雷沈没し、たくさんの人が艇とともに深い海に消えて亡くなった。心よりご冥福をお祈りする。
その際、海軍大佐T・W・デビソン氏より、志摩掃海隊員の人命救助に対して感謝状をもらった。

感謝状

一九四五年十二月二十九日、対馬下ノ島厳原沖ニ於テ負傷或ハ人事不省者ノ為正ニ溺死セントスル米人救助ニ対シ深甚ナ謝意ヲ表ス。米艦ミニペット号遭難者中ニハ人事不省ニ陥チ、今正ニ溺死セントスル者モアリ。之ガ救助ノ為日本船員ハ機雷原ニ短艇ヲ乗入レ、或ハ安全ナル筏ニ収容センガ為、寒冷ナル海中ヲ泳イダ者モアリ。第十六号掃海特務艇ノ如キハ、逸早ク現場ニ到着、機雷原ニ突入シ、絶大ナル救助ヲ与ヘタリ。死者十一名ヲ収容。死体ハ日本人ニ依リ丁重ニ取扱ハレタリ。本事件ハ全ク悲シムベキ事故ナリシモ、志摩掃海隊員ノ行動ニ依リ、小官指揮ノ下克ク人命ノ喪失ヲ極限スルヲ得タリ。

CTG五二五

海軍大佐　Ｔ・Ｗ・デビソン

杉山中将殿

昭和二十一年一月二十一日、米掃海艇触雷轟沈の人命救助を終了後、掃海基地厳原を経て佐世保に帰投する。

同年一月三十日～二月四日、五島列島周辺で掃海訓練（基地鯛ノ浦、青方）。

同年二月十四日、佐世保帰投。

同年二月十五日、相ノ浦入港。

同年二月十八日、佐世保帰投。

同年二月二十三日、佐世保出港、厳原に向かう。

米軍への要望書

昭和二十一年三月六日、梯陣列でパラペーン式掃海具により作業をおこなう場合、後続艦は繋維索が切断されて浮上漂流する。

機雷の銃撃処分や回避運動などのため、艦長以下、乗組員は寸時の油断も許されず、危険この上もない作業の連続であった。このため各艦長は協議の上、米海軍に対して、

一、安全なる掃海方法
二、設備の再検討
三、事故が発生した場合の遺族らに対する補償
四、掃海手当の増額

などの要求を出したのである。

東京のアメリカ軍司令部へ出頭し、今の任務は危険であり、そのうえ乗組員の大半は艦長命令によって一度復員した者で、彼らを呼び戻したため、これ以上危険な作業を続けさせるわけにはいかないと申し出たのである。我々乗組員を思ってのことである。

そこで僚艦三隻とともに掃海を中止して、横須賀軍港へ寄港したのである。

しかし、当時は米軍命令違反者として（ストライキ一号）、艦長は軍法会議に回

されたのである。

昭和二十一年三月七日〜三月二十九日、佐世保に帰投する。米軍の命により、四艦とも乗組員は上陸禁止となった（米軍の命令に違反したためである）。

試航筏曳航

昭和二十一年三月三十日、四〇号海防艦の新艦長として、宇田大尉が着任する。

同年四月三日、私（四〇号海防艦操舵長）は、交替要員に申し継ぎをして佐世保軍港より復員する。

同年四月十六日まで、試航筏曳航のため修理。同年四月十七日〜二十五日まで、米軍の命により、佐世保の第七ドックにおいて試航筏二基、ＹＣ一二〇四、一二〇五が三月十七日、完成する。
一、船体重量　五〇〇トン
二、排水量　四五七〇トン

三、全長　一五七フィート
四、幅　六四フィート
五、深さ　二四フィート
この要目は、じつに大規模な掃海器具である。
これは磁気及び音響機雷に対する掃海が終わってから、磁気及び水圧機雷に対して確認掃海をおこなうためのもので、多くの浮力タンクに分けられ、被害を受けても沈みにくいようにしてあった。
曳航には、タービン機関を有するT型海防艦が適当と認められ、左記の編成により四月十七日、十八日の両日、佐世保港外で曳航訓練をおこない、四月二十五日付で試航筏隊が編成された。
第一試航筏隊　海二六、海一五六、YC一二〇四
第二試航筏隊　海四〇、海一〇二、YC一二〇五
昭和二十一年四月二十六日~八月二十二日、試航筏隊はいずれも呉復員局に属し、その全体の指揮は志摩中佐が執った。
同年五月上旬より月末にわたって下関海峡の第三水道の掃海に当たり、ついで七

月中旬より月末にかけて周防灘の第一航路啓開に当たった。この間、電気系統の故障などがあり、幾多の困難に直面する。

その操作にいたっては、曳航時の施回開圏は約千五百ヤードにもなり、あまりにも実用に不便であったので掃海を中止して、八月二十二日に佐世保に帰投した。

この間、第二試航筏隊は、七月十九日と二十五日の二回、宇部港南西沖で触雷したが、被害はなかった。

特別保管艦

昭和二十一年九月六日、任務を解かれ、第一掃海部隊は解散する。第四〇号海防艦は、賠償のため塗装をし、きれいになって引き渡しを待った。

同年九月七日〜十六日、試航筏を米海軍に返納して、入渠修理をする。

同年九月十七日、舞鶴に回航し、特別保管艦として繋留《けいりゅう》される。乗組員は艦内外の塗装と各部機械の修理手入れをして、各部をピカピカに磨き、最高の状態に整備をして、賠償引き渡しの指令を待つ。

保管艦は指定港にて、艦種・艦型によってそれぞれの保管群が編成され、その艦の最後を飾るため、艦長以下、全乗組員は、その整備と保安に全力を尽くしたのである。

昭和二十二年四月二十三日、米極東軍司令部は、特別保管艦の賠償引き渡しに関する指令を発した。

同年八月二十五日、第四〇号海防艦は宵月、屋代、隠岐、海八一、海一〇四、海一〇七とともに、第三次三組の引き渡し艦として佐世保に集結した。

同年八月二十九日、青島に回航し、中華民国に賠償として引き渡された。中国海軍の軍艦として活躍してくれたことと思う。

鈴村君たちが賠償艦第四〇号海防艦に乗り込んで、青島に向けて引き渡しのために航海し、無事引渡しを終えた。復路は商船にて日本に帰国したと聞く（戦友鈴村君の直話より）。

戦争に負けたら惨めである。戦勝国が合議して、その上で艦船の配分を決定するのである。敗戦国は口出しすることはできないのである。

闇市での戦友との邂逅

私が佐世保から交替要員に申し継ぎをおこない、第四〇号海防艦を退艦して、復員の帰途、大阪駅前の闇市を歩いていると、「おい、花井兵曹」と呼ぶ者がいた。元四〇号海防艦の乗組員だったのが、タバコを十個ほど並べて商売をやっていたのである。懐かしかったので、呼び止めてしまったと言っていた。その男が一から始めた商売が人一倍の努力したお蔭で、大きな会社の社長になったのである。

その反面、同じ元四〇号海防艦の乗組員が、ヤクザのようになって元艦長のところへ「金を貸してほしい」と言ってきたと聞いた。

人生努力次第で、自分の力以上に成功する者もあり、自分を大きく見せたいために人を騙《だま》して金を巻き上げる者もあり、いろいろの人生があるものだ。

先任将校からは、私に「元乗組員が金を貸してほしいと言ってきても、絶対に貸さないように」と言われた。それは鉄則といえるであろう。私は金を貸すのも、借りるのも嫌いだ。これを守っていれば大丈夫と思うものである。親兄弟でも、この鉄則は守らなくてはならないと考える。

私の戦友で商船護衛に、また掃海作業にと戦後ともに苦労した彼は、隠岐の島へ養子に行った。漁業組合に勤め、二人の娘にも恵まれ、幸福な生活を送っていた時もあったと思う。

しかし、定年後は狭い島では働くところも少なく、神戸の姉のところへ行き、病院に勤めながら十五年ほど生活していた。だが、半年ほど前には姉も亡くなり、家主に立ち退きを迫られ、止むを得ず娘のところへ行って世話になろうか、となったのである。

老人には、まして八十歳を過ぎると大変なのである。私の知人で文化住宅の住人が死亡した。隣の部屋の人が、変な臭いがすると、警察立ち会いでドアを開けてみたら、死後一ヵ月も経っていて、蛆《うじ》がわいていたとか。テレビはつけっぱなし。

まさか死んでいるとは思わなかったというのを聞いた。八十歳を過ぎると、老人の一人暮らしは無理なのであろうか。

鈴村君は予科練であるが、飛行機がなくて出撃できずに終戦となった。そのため、生き残ることができたのである。家も空襲で焼かれ、帰るところがなかった。呉海兵団より第四〇号海防艦へ乗り組みになったのだが、「トンツウ」ができたものの欠員がなく、炊事の方へ回され、生まれて初めて飯を炊いたとか。やればできるものだ。何でも四十名分の食事を作り、おかずも作った。毎日、汗びっしょりで努力したとのことである。

また、彼は復員後、叔父さんの保証人になったため、何十年にもわたってお金を払い続けているということだった。「保証人だけはなるものではない」と私にこぼしていたが、その後、薬品の問屋をするようになったと言っていた。

佐世保軍港にて

昭和二十一年四月、「復員するから、佐世保に来るように」と手紙を出し、そして電報を打ったのである。その時、私の母は妻に、

「らちあかんなあ！　叔父さんに相談してからでないとだめだ」とか、「楽をしようと思っていやがる」とも言われたが、

「電報がきたので行かせて下さい」とお願いしたとのことだ。

後で思ったのは、電報がよかったのだ。田舎では電報はめったに来ないので、よほど急な時でないと打たないからである。

「仕方ないなあ！　行ってこい」と許可が出たのである。

昭和二十一年四月、佐世保まで、妻は私を迎えに来てくれた。今思うと、女房は必死であったと思う。

後から聞いた話では、一銭の金も出してくれなかったという。母も冷たい人間ではある。

親友の医者である美吉先生が、大阪へ帰る金だけは隠して持っていて、「大阪へ来たら、俺がなんとでもしてやるから」と言ってくれた由。おそらく、その金を使って来たものだと思う。

私は女房が来た時、その手を見てわかった。ひどく荒れた手をしていた。あのきつい母とともに百姓をさせられたとのことだ。

しんどかったとは一言も言わなかったが、女房の手を見たらわかったのだ。荒れた手をしているのは、苦労をした証《あかし》なのである。

その美吉先生と、大阪の病院の百日咳患者の部屋で、三人で話をしていたら、当直の婦長が来て、

「こんな遅くまで何をしているんですか」と大きな声で怒られた。その時に、「婦長、この花井兵曹は、明日出航して戦争に行くのだ。お別れに来ているのだから、大目に見てやってくれ」と言ってくれた。持つべきものは友である。

当時は陸軍の見習士官であった。軍刀も持っていた。半年間、陸軍への勤務があって、卒業すると軍医少尉である。

当時は軍の力が強く、大阪の町は憲兵がたくさんいて、厳しく取り締まっていた。大阪は陸軍の町である。海軍は珍しく、水兵は女の子によくもてたとのことだ。

住谷君は、映画館の入口で切符を受け取る女の子と親しくなって、映画館へ入るのは顔パスでいけたとのことだ。

大阪市内のバスや電車は、敬礼して乗れば無料であった。良き時代であったと思う。

昨日の敵は今日の友

終戦後の掃海作業で、米軍のウィリアム・P・スティパー少尉と知り合い、四〇号海防艦に乗って指導掃海作業をした。私も妙に彼と気が合って、これがお互いに戦った二人なのかと不思議な気がしたものである。

昭和三十六年頃に、岐阜のアメリカ軍の軍属として日本に来た時に私を捜してくれた。大府町の役場まで手紙を出したりしたという。

役場では、花井文一が戦争中に米兵にひどいことをしたのではないかと心配したそうだ。当時、私は名古屋の熱田に住んでいた。

役場から電話があったので、「仲良しのアメリカ人だから大丈夫だ」と言い、熱田神宮の前で再会した。懐かしかった。それから一ヵ月に一回は行ったり来たりした。子供も三人あり、びっくりしたことを記憶している。

二年ほどしてスティパー少尉は、横浜から船でアメリカへ帰った。それから私は住所を京都へ、また大阪の茨木へと転居した。

大阪の茨木へは二十年ほど前に夫婦で訪ねてくれ、私の家で楽しく四人で一ヵ月ほど暮らした。

中島先任将校も、私の家を訪ねてくれた。神戸の港でスティパー少尉とともに一日楽しんだことを今も思い出す。

また、四〇会の戦友会が奈良であったので、見物をかねて出席してくれた。今思えば、ほんとうに慌《あわただ》しいような、懐かしい思い出だ。スティパー少尉には、良い戦友だと言い、別れた。最近、アメリカへ電話をしたが、すでにあの世の人だった。ご冥福をお祈り申し上げます。

第二部——乗艦行動年表

掃海要員として残った乗組員一

一――軍艦「日向」の戦歴

大正4年5月6日　三菱長崎造船所にて起工
大正6年1月27日　進水
大正7年4月30日　竣工、佐世保鎮守府籍に入る
大正7年4月30日　第一艦隊第一戦隊に編入す
大正7年4月30日　艦長・中川繁丑《しげうし》大佐着任
大正7年11月10日　艦長・三村錦三郎大佐着任
大正8年10月24日　千葉県野島沖で三番砲塔爆発
大正8年11月20日　艦長・勝木源次郎大佐着任

大正9年7月21日　豊後水道にて帆船尋宮丸と衝突
大正9年8月29日　館山出港、ソ連鎖沿岸行動
大正9年9月7日　小樽入港
大正9年11月1日　予備艦となる
大正9年11月20日　艦長・石川秀三郎大佐着任
大正10年11月20日　艦長・井手元治大佐着任
大正11年4月1日　第三艦隊第六戦隊に編入
大正11年5月24日　舞鶴出港、ソ連沿岸行動
大正11年6月2日　小樽出港
大正11年11月20日　艦長・宮村歴造大佐着任
大正11年12月1日　第一艦隊第一戦隊に編入
大正11年12月1日　呉鎮守府に転籍
大正12年8月25日　横須賀出港、中国沿岸警備に従事
大正12年9月4日　有明湾入港
大正12年12月1日　艦長・島裕吉大佐着任

大正13年3月8日　佐世保出港、中国方面行動
大正13年3月20日　馬公入港
大正13年9月23日　佐伯湾で四番砲塔弾薬庫火災事故
大正13年12月1日　艦長・今村信次郎大佐着任
大正14年3月30日　佐世保出港、秦皇島方面行動
大正14年4月5日　旅順入港
大正14年10月20日　艦長・高崎親輝大佐着任
昭和元年12月1日　艦長・尾本知《さとる》大佐着任
昭和2年12月1日　予備艦となる
昭和2年12月1日　艦長・鈴木義一大佐着任
昭和3年5月1日　第一艦隊第一戦隊に編入
昭和3年12月10日　艦長・大野寛大佐着任
昭和4年3月29日　佐伯出港、北支方面行動
昭和4年4月22日　佐世保入港
昭和4年11月30日　予備艦となる

昭和4年11月30日　艦長・伴次郎大佐着任
昭和5年12月1日　第一艦隊第一戦隊に編入される
昭和6年3月29日　佐世保出港、青島方面行動
昭和6年4月5日　佐世保入港
昭和6年12月1日　艦長・日比野正治大佐着任
昭和7年3月27日　佐世保出港、第一次上海事変に参加
昭和7年4月3日　大連入港
昭和7年10月15日　予備艦となる
昭和7年12月1日　第一艦隊第一戦隊に編入される
昭和8年6月29日　佐世保出港、中支方面行動
昭和8年7月4日　基隆《キールン》入港
昭和8年7月13日　馬公出港、南洋方面行動
昭和8年8月21日　木更津入港
昭和8年11月15日　艦長・沢本頼雄大佐着任
昭和9年9月27日　旅順出港、青島方面行動

昭和9年10月5日　佐世保入港
昭和9年11月15日　予備艦となる
昭和9年11月15日　艦長・高橋顒雄《ひでお》大佐着任
昭和9年11月24日　呉工廠にて大改装工事に着手
昭和10年9月11日　艦長・杉山六蔵大佐着任
昭和11年9月7日　大改装工事終了
昭和11年11月16日　艦長・高須三郎大佐着任
昭和11年12月1日　第一艦隊第一戦隊に編入される
昭和11年12月1日　艦長・田結穣大佐着任
昭和12年3月27日　佐世保出港、青島方面行動
昭和12年4月6日　佐世保入港
昭和12年9月15日　佐世保出港、北支方面行動
昭和12年9月23日　佐世保入港
昭和12年12月1日　艦長・宇垣纒大佐着任
昭和13年4月9日　佐世保出港、南支方面行動

昭和13年4月14日　基隆入港
昭和13年10月17日　佐世保出港、南支方面行動
昭和13年10月23日　馬公入港
昭和13年11月15日　艦長・西村祥治大佐着任
昭和13年12月15日　予備艦となる
昭和13年12月15日　艦長・平岡粂一大佐着任
昭和14年2月10日　艦長・代谷清志大佐着任
昭和14年11月15日　艦長・原田清一大佐着任
昭和15年7月16日　練習艦となる
昭和15年11月1日　艦長・橋本信太郎大佐着任
昭和15年11月15日　第一艦隊第二戦隊編入
昭和16年2月24日　佐世保港出港、南支方面行動
昭和16年3月3日　馬公入港
昭和16年3月6日　馬公出港
昭和16年3月11日　有明湾着

昭和16年3月29日　呉へ回航
昭和16年4月26日　呉出港
昭和16年4月27日　宿毛湾入港
昭和16年5月13日　宿毛湾出港
昭和16年5月14日　別府入港
昭和16年5月18日　宿毛湾へ回航
昭和16年6月4日　出港
昭和16年6月5日　四日市入港、18日間在港
昭和16年6月23日　有明湾へ回航
昭和16年6月27日　出港
昭和16年6月30日　横浜入港
昭和16年7月6日　木更津沖へ回航
昭和16年7月8日　木更津沖出港
昭和16年7月11日　有明湾入港
昭和16年7月16日　有明湾出港

昭和16年7月17日　小松島入港
昭和16年7月21日　小松島出港
昭和16年7月22日　宿毛入港
昭和16年7月27日　宿毛出港
昭和16年7月27日　別府入港
昭和16年8月1日　別府出港
昭和16年8月1日　佐伯入港
昭和16年8月21日　佐伯出港
昭和16年8月21日　柱島入港
昭和16年9月1日　柱島出港
昭和16年9月1日　呉入港
昭和16年9月1日　艦長・石崎昇大佐着任
昭和16年9月18日　呉工廠入渠
昭和16年9月26日　同出渠
昭和16年10月3日　呉出港、同日、室積沖着

昭和16年10月10日　呉へ回航
昭和16年10月20日　佐伯へ回航
昭和16年11月19日　柱島へ回航
昭和16年11月22日　呉へ回航
昭和16年12月8日　機動部隊支援
昭和16年12月26日　柱島へ回航のため柱島出撃
昭和16年12月13日　柱島に帰投
昭和17年2月10日　艦長・松田千秋大佐着任
昭和17年3月12日　敵機動部隊迎撃のため柱島出撃
昭和17年3月16日　伊勢湾に帰投
昭和17年3月20日　伊勢湾出航
昭和17年3月21日　柱島人港
昭和17年4月18日　敵機動部隊迎撃のため柱島出撃
昭和17年4月22日　柱島入港
昭和17年5月5日　伊予灘で訓練中、第五番砲塔爆発事故

昭和17年5月29日　柱島入港、ミッドウェー海戦に参加
昭和17年6月17日　横須賀入港
昭和17年6月22日　横須賀出港
昭和17年6月24日　柱島入港
昭和17年7月14日　連合艦隊付属に編入される
昭和17年10月26日　呉工廠入渠
昭和17年11月1日　出渠
昭和17年12月10日　艦長・大林末雄大佐着任
昭和18年4月11日　呉工廠にて十四糎《センチ》砲の撤去工事に着手
昭和18年4月28日　佐世保工廠に向け呉出港
昭和18年4月29日　佐世保入港
昭和18年5月1日　訓令改装による航空戦艦への工事作業着手
昭和18年6月26日　佐世保工廠に入渠
昭和18年7月1日　予備艦となる
昭和18年7月1日　艦隊・荒木傳大佐着任

昭和18年9月1日　艦長・中川浩大佐着任
昭和18年10月1日　佐世保工廠出渠
昭和18年11月18日　訓令による改装工事終了
昭和18年11月19日　佐世保出港
昭和18年11月20日　徳山入港
昭和18年11月22日　伊予灘にて諸公試験を行なう（14日間）
昭和18年11月30日　第一艦隊第二戦隊に編入
昭和18年12月1日　呉柱島方面において訓練に従事
昭和18年12月5日　艦長・野村留吉大佐着任
昭和19年2月25日　連合艦隊付属に編入される
昭和19年5月1日　第三艦隊第四航空戦隊に編入される
昭和19年5月24日　三連装機銃八基新設工事着手
昭和19年6月7日　呉工廠入渠
昭和19年6月17日　出渠
昭和19年10月20日　内海西部出撃、比島沖海戦に参加。小沢艦隊空母のおとり護衛

戦艦として奮戦

昭和19年10月29日　呉入港
昭和19年11月7日　佐世保へ回航
昭和19年11月8日　佐世保出港、マニラに向かったが、空襲のため入港できず
昭和19年11月22日　リンガ湾泊地入港
昭和19年11月15日　第二艦隊第四航空戦隊に編入
昭和19年12月12日　リンガ湾泊地出港
昭和19年12月14日　カムラン湾入港
昭和19年12月18日　カムラン湾出港
昭和19年12月18日　サソジャック入港
昭和19年12月30日　サソジャック出港
昭和20年1月1日　リンガ湾泊地入港
昭和20年1月1日　南西方面艦隊付属に編入
昭和20年2月10日　連合艦隊付属に編入
昭和20年2月11日　シンガポール出港、軍備品を搭載して内地に向かう

昭和20年2月20日　呉入港
昭和20年3月1日　予備艦となる
昭和20年3月1日　艦長・草川淳大佐着任
昭和20年3月19日　呉にて艦載機の攻撃を受けて爆弾命中
昭和20年5月7日　呉から情島北西に申航、保留される
昭和20年7月24日　呉にて約六十機の艦載機の攻撃（二百発の爆弾投下、直撃弾十発、至近弾三十発命中）を受けて、7月26日早朝、大破着底す。戦死者は艦長以下約五百名
昭和20年11月20日　除籍

（以上、「日向行動年表」は伊藤久氏著作をもとに作成）

二――伊号三八潜水艦の戦歴

昭和17年11月　佐世保工廠にて起工
昭和18年1月末まで　佐世保工廠にて艤装、艤装員長・安久栄太郎中佐
昭和18年1月31日　呉鎮守府に引き渡し
昭和18年2月1日より　呉潜水基地隊にて乗組員の訓練
昭和18年4月1日　第一艦隊第十一潜水戦隊に編入（猛訓練）
昭和18年4月30日　第六艦隊第一潜水戦隊に編入（輸送任務）
昭和18年5月8日　呉出港、南方面に出撃（運砲筒搭載）
昭和18年5月14日　トラック島一九〇〇（午後7時）入港

昭和18年5月16日　トラック島〇五〇〇（午前5時）出港
昭和18年5月18日　ラバウル港一二三〇（零時30分）入港
昭和18年5月21日　ラバウル出港〇八〇〇（午前8時）
昭和19年1月6日まで　食糧輸送（スルミ、ブイン、コロンバンガラ、シオ、ニューギニア、ラエ、サラモアへの食糧輸送、二十三回の任務を完遂）
昭和18年5月下旬〜同年12月下旬　南太平洋方面における戦闘において、功績顕著につき連合艦隊司令長官より感状を授与せられたり
昭和19年1月7日より　呉軍港にて艦内整備と乗組員の休養
昭和19年3月15日　安久艦長退艦、第三三潜水隊司令となる
昭和19年3月18日　呉出港、艦長当山全信中佐
昭和19年3月20日　トラック島入港
昭和19年4月上旬〜中旬　ウエワク、ホランジア輸送任務二回
昭和19年4月12日　安久大佐戦死す。第三三潜水隊司令として勤務中、呂六四号がアメリカ軍の投下した磁気機雷に触れて沈没、艦と共に乗組員全員戦死す
昭和19年4月18日まで　遠山中佐指揮

昭和19年4月19日より　下瀬吉郎中佐、艦長として指揮を取る。ホランジア、ウェワク方面よりトラック島入港
昭和19年4月20日　トラック島出港、呉に向かう
昭和19年4月27日　呉入港、整備
昭和19年5月18日　呉出港、マーシャル方面索敵哨戒任務
昭和19年6月～9月　呉を基地として南方方面索敵哨戒任務
昭和19年10月19日　呉出港、台湾及び比島東方海面敵艦船攻撃任務
昭和19年11月5日　比島東方海面に行動中、クツルー偵察を命じられて進出途中、11月7日　敵発見を報告、以後消息なし
昭和19年11月12日　米軍記録：パラオ東方にてD／C攻撃二回、二一三五（午後10時35分）、水中大爆発、浮遊物発見、北緯八度四分、東緯百三十八度三分、水深三千メートルに沈没す。下瀬中佐以下乗員九十八人、全員戦死

三――第四〇号海防艦の戦歴

昭和19年9月7日　大阪藤永田造船所で起工
昭和19年9月20日　キールおよび船体下部組み立て
昭和19年11月15日　進水式
昭和19年12月22日　引渡式。警備海防艦と定められ、呉防備戦隊に編入。軍艦旗掲揚式
昭和19年12月24日午前9時　大阪出港
昭和19年12月25日午後4時　多度津沖仮泊
昭和19年12月26日　呉入港

昭和19年12月29日　呉出港。佐伯入港
昭和20年1月2日　呉防備戦隊佐伯防備隊
昭和20年1月30日　対潜訓練隊にて対潜訓練に従事
昭和20年1月30日　訓練隊司令の訓示が終わって呉に回航
昭和20年2月1日　呉防備戦隊より解かれ、第一護衛艦隊に編入（門司―昭南）
昭和20年2月3日午後9時30分　呉出港
昭和20年2月4日午前9時15分　門司入港
昭和20年2月5日午前7時　香港に向け門司出港（船団護衛。運航指揮官・土井大佐乗艦）。海四〇、海六九、海二一、三保丸、金泉丸、北京丸、万世丸
昭和20年2月9日午後7時15分　泗礁山入港
昭和20年2月10日　泗礁山出港
昭和20年2月14日午前10時30分　香港入港
昭和20年2月20日　香港出港。粟国（海）ほか船団六隻を護衛
昭和20年2月26日午後12時20分　泗礁山入港
昭和20年2月27日午前7時　三保丸、金泉丸、万世丸は分離、上海に向かう

昭和20年2月27日午後7時　泗礁山出港
昭和20年3月1日午後9時　濃霧のため朝鮮南岸牟黄島に仮泊
昭和20年3月2日午前6時45分　牟黄島出港
昭和20年3月3日午後4時40分　六連島にて華頂山丸、天正丸を分離
昭和20年3月3日午後6時25分　門司岸壁に横付け
昭和20年3月5日　下関三菱五号ドックに入渠
昭和20年3月8日午後4時　出渠、浮標繋留
昭和20年3月10日午前11時30分　門司岸壁に横付け
昭和20年3月12日午後4時56分　門司出港。同日午後6時50分　六連島仮泊。玉栄丸、サバン丸。護衛、四〇、一〇二、一〇六（ヒ〇一船団）
昭和20年3月15日　船団編成を解き、同日午前6時30分　門司回航。同日午前8時30分　七岸繋留
昭和20年3月16日午前7時15分　基隆に向け門司出港（モタ船団）。笥崎丸、辰春丸、日光丸、聖川丸。護衛、海四〇、竹生、一〇二、一〇六
昭和20年3月19日午前2時57分　笥崎丸、敵潜の雷撃により沈没。辰春丸小破。泗

礁山仮泊
昭和20年3月22日午前6時　右泗礁山出港。重出仮泊
昭和20年3月23日午前3時10分　哨戒出港。午後6時30分　馬祖山仮泊。B24、B29発見
昭和20年3月24日午前9時　馬祖山出港。午後6時20分　大侖山仮泊
昭和20年3月25日午後4時10分　大侖山出港。午後8時55分　馬祖山仮泊。B24、B29発見
昭和20年3月26日午前6時　馬祖山出港
昭和20年3月26日午後5時　基隆入港
昭和20年4月1日午前2時30分　転錨。午前6時15分　出港。同日午後5時30分　馬祖山仮泊
昭和20年4月2日午前3時5分　馬祖山出港。午後7時　北箕山仮泊
昭和20年4月3日午前6時45分　北箕山出港。午後4時35分　温州湾南に仮泊
昭和20年4月4日午後7時40分　泗礁山入港
昭和20年4月5日　鹿島に横付け、重油搭載

昭和20年4月6日午前6時　出港
昭和20年4月7日午後5時35分　青島外港に入港。午後6時40分　内港入港。重搭
昭和20年4月8日午前10時　出港
昭和20年4月8日午後7時40分　石島湾鉄木差山仮泊
昭和20年4月9日午前4時25分　右出港。同日午前10時30分　日光丸、雷撃を受けて沈没
昭和20年4月11日午前7時まで　対潜掃蕩。午後10時50分　金魚島仮泊
昭和20年4月12日午前5時25分　出港。午前6時50分　船団に合同する。同日午後2時22分　釜山入港
昭和20年4月13日午前4時35分　出港。午後3時19分　六連島において磁気機雷に触雷、被害なし
昭和20年4月13日午後6時45分　門司入港
昭和20年4月16日午前8時10分　入渠
昭和20年4月17日午前8時35分　出渠
昭和20年4月18日午前8時10分　出港。同日午後4時20分　浜田入港

昭和20年4月19日午前8時　出港。同日午後3時45分　七類入港
昭和20年4月20日午前6時　出港。午後3時50分　舞鶴入港。第一護衛艦隊より除かれ、舞鶴鎮守府部隊に編入
昭和20年4月29日　第三船渠に入渠
昭和20年5月5日　舞鶴鎮守府部隊より除かれ、第一〇五戦隊に編入
昭和20年5月20日　舞鶴出港。水測兵器調整不良のため反転
昭和20年5月21日　舞鶴出港。伏木に向け回航す
昭和20年5月22日午後2時10分　伏木沖に仮泊。午後6時12分　伏木港第四岸壁に横付け
昭和20年6月10日　対潜掃蕩のため伏木沖に漂泊す
昭和20年6月11日　対潜掃蕩後、見付島仮泊
昭和20年6月12日午前9時18分　出港。日和山鼻仮泊、ただちに出港対潜掃蕩
昭和20年6月13日午後4時20分　舞鶴入港
昭和20年6月23日午前6時　敵潜掃蕩のため出港
昭和20年6月24日午後3時　地蔵崎より反転。舞鶴に向かう

昭和20年6月25日午前11時50分　舞鶴入港
昭和20年6月25日午後7時　船団護衛のため舞鶴を出港
昭和20年6月26日　魚見鼻付近にて高栄丸に合同、反転し舞鶴に向かう。午後11時
47分　舞鶴に入港。海四〇、海一二、掃新崎、駆四四、高栄丸
昭和20年7月2日午後5時　舞鶴出港
昭和20年7月3日午前10時56分　隠岐西郷港入港
昭和20年7月4日午前10時　隠岐西郷港出港。同日午後1時　別府入港。同日午後
2時45分　別府出港。同日午後3時38分　浦郷入港
昭和20年7月5日午前11時45分　出港。午後3時7分　西郷港入港
昭和20年7月9日午後12時　出港。佐渡粟生島間対潜掃蕩
昭和20年7月13日午後1時　酒田入港
昭和20年7月17日午前7時　酒田出港。午後5時　新潟港より船団護衛。船団四隻、
佐渡百カイリ沖まで護衛
昭和20年7月18日午前8時　反転。午後7時30分　佐渡真野湾入港
昭和20年7月22日午前8時　船団護衛のため新潟に回航予定変更により、午後10時

20分頃　両津港入港（佐渡）

昭和20年7月23日午後12時　新潟に向け回航。午後4時30分　船団に合同、百カイリ沖まで船団護衛

昭和20年7月24日午前5時　護衛を止め、酒田に向け反転。午後5時30分頃　入港

昭和20年7月28日午前4時12分　第一〇五戦隊司令官・海軍少将松山光治参謀乗艦。午後5時10分　酒田出港。第二掃蕩隊。海四〇、海一二、海八七の三艦にて対潜掃蕩

昭和20年7月29日午前6時35分　海八七、遭難者救助のため列を解く

昭和20年7月30日午前8時　船川入港。午前9時24分　司令官参謀退艦

昭和20年8月3日午前5時　船川出港（船樽〇八船団）、商船七隻を護衛。一路北上

昭和20年8月4日　濃霧のため仮泊

昭和20年8月5日午前6時　出港。午前8時10分　臥越崎入港。午後3時40分　出港

昭和20年8月5日午後7時　函館入港

昭和20年8月6日午前9時30分　出港。同日午後3時　小樽入港

昭和20年8月9日午前8時　出港—港外に投錨。午前9時　再び港内に入る
昭和20年8月10日午前3時　臨戦準備第一作業。同日午前4時　転錨、敵艦載機に備えて戦闘準備完成
昭和20年8月12日午後12時　小樽出港。午後3時30分　船団に合同（樽内五〇船団）、商船十隻。護衛艦、鵜来、竹生、海四〇
昭和20年8月14日午後7時　新潟入港
昭和20年8月15日　新潟港において終戦
昭和19年12月24日〜昭和20年4月20日　太平洋方面戦務甲
昭和20年5月21日〜8月24日　太平洋方面戦務甲
昭和20年8月15日午後12時　新潟港にて終戦。陛下より玉音放送あり、上甲板に総員集合、直立不動で聞く。身体の力が一度に抜けて敗戦を実感する
昭和20年8月16日午前8時　新潟を出港。8月21日　小樽入港。ソ連軍が北海道進駐をしないことになったため、婦女子の引き揚げ中止となる
昭和20年8月22日　小樽出港。舞鶴に向かう
昭和20年8月24日　舞鶴入港

昭和20年8月25日　軍艦旗降下式。乗組員の復員を開始。四〇号運航に必要な人数を残して、全員舞鶴より復員

昭和20年9月10日　米軍の命により第一掃海部隊に編入。掃海作業に必要な関係要員を電報で呼び戻す。一度復員した者が、何事かと帰艦する

昭和20年9月30日　舞鶴出港。鎮海に向かう。海防艦四〇、海防艦二二、海防艦一六、海防艦一二の四隻が、掃海作業および弾薬類の海中投棄作戦に従事。鎮海に入港した後、防備隊の弾薬庫の弾薬類の海中投棄作戦を実施

昭和20年10月23日　鎮海防備隊の弾薬類の海中投棄作戦を終了

昭和20年10月24日　米軍のＬＳＣ四二号艦長の命により行動することになる。日本海軍が朝鮮海峡に敷設した繋維機雷を、大掃海具二型により対艦で掃海を行なったがうまくゆかず、機雷にぶつかり、自爆して危険であったので、掃海を中止。日本海軍が九州―朝鮮間に敷設した機雷原は四千二百平方浬、機雷数は六千個

昭和20年10月26日　掃海を中止、佐世保に帰投

昭和20年11月16日　壱岐周辺で海防艦「大東」が触雷のため沈没。そのため暫時、掃海作業は中止

昭和20年12月6日〜18日まで　川南造船所で修理
昭和20年12月19日　佐世保港に帰投
昭和20年12月21日　米掃海艇触雷、轟沈の人命救助終了後、掃海基地厳原を経て佐世保に帰投
昭和20年12月23日　米式掃海具により一般の船舶には、機雷原の位置が不明ゆえ、海上交通上、非常に危険である。米海軍掃海部隊の指揮下で海四〇号、海二二号、海一二号、竹生は、対馬海峡の掃海作業に従事。隊列を組んでの機雷原の掃海作業は、命がけの任務である。日本の掃海部隊の総指揮官・志摩海軍中佐
昭和20年12月25日　厳原を基地として掃海再開。米軍のオブザーバー参加
昭和20年12月29日　米掃海艇MINIVETは、日本掃海部隊のためブイを入れていたとき触雷、轟沈した。士官一名、下士官・兵三十名が殉職。直ちに掃海を中止し、遭難者の救助にあたる
昭和21年1月31日〜2月4日　五島列島周辺で掃海訓練（基地鯛ノ浦、青方）
昭和21年2月14日　佐世保帰投
昭和21年2月15日　相ノ浦入港

昭和21年2月18日　佐世保帰投
昭和21年2月23日　佐世保出港。厳原に向かう
昭和21年3月5日　海四〇、二二、一二、竹生、掃海を再開
昭和21年3月6日　梯陣列でパラペーン式掃海具により作業を行なう場合の危険性に鑑み、各艦長は米軍に要望書を提出
昭和21年3月7日～昭和21年3月29日　佐世保に帰投。米軍の命により、四艦とも乗組員は上陸禁止処分を受け、青木艦長は軍法会議に召喚された
昭和21年3月30日　宇田大尉、新艦長として着任
昭和21年4月3日　私（操舵長）は交替要員に申し継ぎをして復員
昭和21年4月16日まで　試航筏曳航のため修理
昭和21年4月17日～昭和21年4月25日　米軍の命により、佐世保の第七ドックにおいて試航筏二基ＹＣ－一二〇四、一二〇五が4月17日　完成
昭和21年4月26日～昭和21年8月22日　試航筏隊はいずれも呉復員局に属し、その全体の指揮は志摩中佐が当たった。佐世保に帰投
昭和21年9月6日　任務を解かれ、第一掃海部隊は解散。この間、第二試航筏隊は

7月19日および7月25日と二回、宇部港南西沖で触雷したが被害は軽微
昭和21年9月7日～昭和21年9月16日　試航筏を米海軍に返納し、入渠修理を実施
昭和21年9月17日　舞鶴に回航、特別保管艦として繫留。乗組員は艦内および艦外の塗装機械の修理手入れ。各部をピカピカに磨いて最高の状態に整備をし、賠償引き渡し指令を待つ。保管艦は指定港にあって、艦種・艦型によってそれぞれの保管群が編成され、その艦の最後を飾るため、艦長以下全乗組員は、その整備と保安に全力を傾注
昭和22年月4月23日　米極東軍司令部は特別保管艦の賠償引き渡しに関する指令を発す
昭和22年8月25日　第四〇号海防艦は、宵月、屋代、隠岐、海八一、海一〇四、海一〇七とともに、第三次三組の引き渡し艦として佐世保に集結
昭和22年8月29日　青島に回航、中華民国に賠償として引き渡された。中国名、成安、CHENAN

（以上、田中兵曹「航海日記」をもとに作成）

四――私の軍歴表

昭和15年6月1日　呉海兵団入団
昭和15年10月15日　海軍三等水兵を命ず。同日、日向乗組を命ず
昭和15年11月　聯合艦隊に編入
昭和15年1月2日　第二種症に依り別府海軍病院に入院。
昭和16年1月23日　別府海軍病院に入院中のところ全治退院、帰艦する
昭和16年2月24日　南支方面に向け出港
昭和16年3月3日　馬公帰着
昭和16年9月30日　第七期普通科運用術操舵練習生として海軍航海学校入学を命ず

昭和16年10月1日　海軍二等水兵を命ず
昭和17年1月31日　第七期普通科運用術操舵練習生卒業。日向乗組を命ず
昭和17年2月2日　乗艦日向乗組員となる
昭和17年10月31日　海軍一等水兵を命ず
昭和17年11月1日　勅令に依り水兵長となる
昭和18年1月31日〜2月26日まで　太平洋方面の作戦に従事する
昭和18年2月27日〜3月4日まで　呉海兵団勤務
昭和18年3月5日〜3月31日まで　太平洋方面の作戦に従事する
昭和18年4月1日〜4月12日まで　太平洋方面の作戦に従事する
昭和18年4月13日〜4月15日まで　呉海兵団
昭和18年4月16日〜5月6日まで　太平洋方面
昭和18年5月7日〜5月27日まで　呉海兵団
昭和18年5月28日〜6月17日まで　北太平洋方面の作戦に従事する
昭和18年6月18日〜6月21日まで　横須賀海兵団
昭和18年6月22日〜7月13日まで　太平洋方面

昭和18年7月14日～7月16日まで　呉海兵団
昭和18年7月17日から8月19日まで　太平洋方面
昭和18年8月20日～8月22日まで　呉海兵団
昭和18年8月23日から10月3日まで　太平洋方面
昭和18年10月4日～10月6日まで　呉海兵団
昭和18年10月7日～10月23日まで　太平洋方面
昭和18年10月24日～11月2日まで　呉海兵団
昭和18年11月3日～19年1月13日まで　太平洋方面
昭和19年11月14日　潜水艦講習員として潜水学校に入学
昭和19年2月27日　卒業
昭和19年3月1日　伊号第三八潜水艦乗組を命ず
昭和19年4月30日　第六艦隊第一潜水戦隊に編入
昭和19年11月1日　任海軍二等兵曹
昭和20年2月27日　運用術操舵高等科練習生として海軍航海学校入学を命ず
昭和20年7月28日　第二十二期高等科運用術操舵練習生教程卒業。呉海兵団付を命

ず。臨時勤務

昭和20年7月29日〜9月7日まで　呉海兵団勤務

昭和20年9月7日　海防艦第四〇号艤装員付を命ず

昭和20年11月1日　任海軍一等兵曹

昭和20年12月22日　海防艦第四〇号乗組を命ず。警備海防艦と定められ、呉防備戦隊に編入。呉防備戦隊より第一護衛艦隊に編入

あとがき

私の青春は「海軍にあり」といっても過言ではない。父は五十歳で亡くなったので、母が一人で三人の子供を育てながら頑張っていた。母には内緒で、横須賀町の役場で海軍の試験を受けて合格していたが、一ヵ月前まで言わなかった。反対されるのがわかっていたからだ。日曜日には農業を手伝っていたので、人手がいなくなることになる。

小作農の百姓の子供であったから、上の学校には行けない。だから海軍の学校には全部、行ってやろうと思ったのである。

昭和十七年六月には戦艦「大和」に従って、ミッドウェー作戦にも赴いた。

いま思うとすべてが懐かしい。私も若かったので、張り切っていたのである。

大東亜戦争のさなか、海軍に身を投じ、生命を賭して戦った一人の兵隊の苛酷な青春を、現在の若い人たちに知っていただければ、これ以上の喜びはない。

実録 海軍志願兵の大東亜戦争

2011年5月29日　第1刷発行

著　者　花　井　文　一
発行人　浜　　　正　史
発行所　株式会社　元就《げんしゅう》出版社
〒171-0022 東京都豊島区南池袋4-20-9
サンロードビル2F-B
TEL 03-3986-7736 FAX 03-3987-2580
振替 00120-3-31078
装　幀　純　谷　祥　一
印刷所　中央精版印刷株式会社
※乱丁本・落丁本はお取り替えいたします。

ISBN 978-4-86106-201-8